Präriefeuer
Indianer- und andere Geschichten

# Präriefeuer
## Indianer- und andere Geschichten

Adolf Richard Schild

Bibliografische Information der Deutschen Nationalbibliothek
Die Deutsche Nationalbibliothek verzeichnet diese Publikation in der Deutschen
Nationalbibliografie; detaillierte bibliografische Daten sind im Internet über
http://dnb.d-nb.de abrufbar.


© 2012 Adolf Richard Schild
Satz, Umschlaggestaltung, Herstellung und Verlag:
Books on Demand GmbH, Norderstedt
ISBN 978-3-8423-9103-1

# Inhaltsverzeichnis

# Der mit dem Prärie-Feuer malt

Der kleine Bub gehörte zum Stamm der Lakota-Indianer. Wohl behütet von seiner Familie lebte er in den unendlichen Weiten der Prärie, einer ausgedehnten Steppe im riesigen Land zwischen den grossen Wassern, das noch kein Weisser je betreten hatte. Heute bezeichnet man das Gebiet als Nordwesten der USA.

Das Leben der Lakota fügte sich harmonisch in vertraute Rhythmen des Daseins, die sich seit Hunderten, ja Tausenden von Jahren bewährt und kaum verändert hatten und von den Menschen als wohltuend und sicher empfunden wurden. Nicht dass der Alltag ereignislos verlaufen wäre, ganz im Gegenteil. Da gab es das Abenteuer der Nahrungssuche, die Spiele unter den Jungen und die Wettkämpfe der Erwachsenen, wie auch die Unbilden der Natur. Bloss die Begegnung mit dem Pferd hatte die alten Gewohnheiten einschneidend verändert und neue Möglichkeiten im Nomadenleben eröffnet, namentlich bei der Büffeljagd. Allerdings war seither auch der Pferdediebstahl zu einer beliebten Abwechslung geworden, die aber das weitgehend einträchtige Zusammenleben der Stämme nicht ernstlich bedrohte.

Der kleine Bub liebte es, zu malen. Wenn seine Geschwister und Freunde herumtollten, hitzig ihre Stärke massen, sich im Reiten übten und die Erwachsenen schon zur Jagd begleiteten, sass er still am Rande des Zeltlagers, beobachtete geduldig Pflanzen und Tiere und bemalte die Reste von Büffelhäuten, die ihm die Mutter überlassen hatte. Gelegentlich half er auch seinem Vater, wenn dieser ein Pferd mit überlieferten, uralten Symbolen schmückte. Der Vater staunte anerkennend: „Eine sichere Hand hast Du, lieber Sohn! Und ein so gutes Gefühl für Proportionen!" Der Knabe mischte die Farben eigenhändig aus Steinen und Erden, aus Pflanzen und Rinden. Seine Familie und die ganze Dorfgemeinschaft liessen ihn grossmütig gewähren, hatte man doch erkannt, dass er lieber mit Pinsel und Farbe hantierte, statt mit Pfeil und Bogen.

Das Auge des Knaben wurde allmählich geschult und erkannte immer besser die zahllosen feinen Farbvarianten, die die Natur in stets neuer Fülle darbot. Es gab nur gerade *eine* Farbe, die den jungen Maler nicht zufriedenstellte, Rot nämlich. Besorgt sagte er seinem Vater: „Ich möchte doch meine Beobachtungen in der Natur korrekt wiedergeben! Aber mit den Rohstoffen, die ich bisher gefunden habe, gelingt mir das nicht, ganz gewiss nicht bei Rot!" Der Vater hörte aufmerksam zu. „Was habe ich nicht schon alles versucht, um das Rot zu verbessern, alles vergebens! Das richtige Rot fehlt ganz einfach, und das stimmt mich traurig!"

Der Vater fühlte sich ausserstande, ihm direkt weiterzuhelfen, ermunterte ihn aber, weiter zu suchen und nicht aufzugeben. Der Knabe suchte und suchte, in einem grösser werdenden Umkreis. Immer weiter entfernte er sich dabei vom Zeltlager. Die Suche nach dem passenden Rot nahm ihn regelrecht gefangen und trübte seinen Sinn für die Gefahren, die damit verbunden waren.

Eines Tages, er war seit Sonnenaufgang unterwegs und so weit gegangen wie nie zuvor, hielt er plötzlich inne, denn er fühlte sich müde und einsam in der unvertrauten Landschaft. Angstvoll hob er den Blick, der ja dauernd auf die Pflanzen und Büsche gerichtet gewesen und jetzt durch aufkommende Tränen getrübt war. Die Sonne stand niedrig über dem fernen Horizont. Er sorgte sich, ob er den Heimweg noch finden werde. Er war hungrig und durstig, und das plagte ihn zusätzlich. Verzweifelt setzte er sich in den spärlichen Schatten eines niedrigen Baumes. Er war ja so allein und verloren! Er vergrub sein Gesicht in den Armen, legte sich hin und begann bitterlich zu weinen. Der Schlaf übermannte ihn.

Er schlief ruhig, ohne ängstliche Träume. Im Gegenteil: ein sanfter Traum führte ihn auf eine Wiese, die mit roten Blüten übersät war... aber halt! ... war das nicht genau das Rot, das er so lange gesucht hatte? ... Doch, doch! ... Das war es ... genau *das*! ... Endlich, endlich hatte er es gefunden! ... Behutsam fasste er die Blüten an, bewunderte staunend ihre einmalige Farbe und war unendlich zufrieden und glücklich.

Als er am nächsten Morgen aufwachte, traute er seinen Augen kaum! Er rieb sie immer wieder und wollte den vermeintlichen Traum verscheuchen, an den er sich so deutlich erinnerte. Denn was er hier ringsum sah, war ein Meer von Blüten in genau dem wunderbarsten feurigen Rot, das er immer ersehnt hatte und - ja natürlich! - das ihm letzte Nacht im Traum vorgekommen war. Doch jetzt träumte er ja offensichtlich nicht mehr! Er streckte die Hand aus, befühlte die Blüten, bewunderte staunend ihre einmalige Farbe und war unendlich zufrieden und glücklich, genau so, wie er es im Traum gewesen war...

Es waren seine Tränen, die das Wunder bewirkt hatten. Jede Träne, die im Prärieboden versickert war, liess eine Blume entstehen in genau dem einzigartigen Rot, das bisher nur in seiner bangen Sehnsucht existiert hatte. - Der Knabe packte ein paar Blüten in seine Tasche. Er schaute um sich, konnte sich wieder orientieren und fand mühelos den Heimweg.

Fortan malte er mit dem Rot, das er aus jenen Pflanzen gewann. Er gab der Farbe den Namen „Präriefeuer". - Sein Stamm verlieh dem jungen Mann den ehrenvollen Namen „Der mit dem Präriefeuer malt".

9

Die Bezeichnung „Präriefeuer" für die Pflanze hat sich bis heute erhalten, nicht nur bei den Lakota, sondern auch bei den anderen Indianerstämmen, ja sogar bei den Weissen, die seither das weite Land überrannt und erobert haben - eine immerwährende Erinnerung an den Lakota-Knaben, der mit sicherem Instinkt die einzigartige, unverwechselbare Farbe gesucht und gefunden hatte.

## Die Plejaden - ein Indianer Märchen

Im Grenzgebiet der US-Bundesstaaten South Dakota und Wyoming erhebt sich in einer weiten, grandiosen Ebene ein mächtiger Monolith vulkanischen Ursprungs, unübersehbar und fremdartig in den sanften hellgrünen Hügeln und den ausgedehnten Wäldern aus Weymouth-Kiefern, die dort ‚ponderosa pines' geheissen werden.

In der Sprache der Weissen ist das der ‚Devils Tower', der Teufelsturm, nicht gerade ein passender Name, wenn man die Legende kennt, die die Ureinwohner mit diesem Felsen verbinden. Er übersieht die mythische Bedeutung für die Völker, die ehedem jahrtausendelang unbehelligt hier gelebt haben. Die Legende um dieses Wahrzeichen ist uralt und wird durch die viel jüngere wissenschaftliche Erkenntnis untermauert, dass der Fels infolge vulkanischer Ereignisse aus der Erde herausgewachsen ist.

Die Kiowa-Indianer - auf sie geht die Legende zurück - nennen den Devils Tower ‚Mateo Tipi', d.h. Heim des Grizzly-Bären. Auch für zahlreiche andere Prärievölker handelt es sich um den Wohnsitz des Grizzlybären und zudem um ein Heiligtum.

Der imposante Berg hat eine Höhe von etwa 265 Metern und einen Durchmesser von fast 150 Metern. Er hat die Form eines oben abgeschnittenen Kegels. Besonders charakteristisch sind die tiefen vertikalen Rillen, die das Gestein ringsherum markieren.

So geht die Legende…:

Im unermesslich weiten Land zwischen den grossen Ozeanen erstreckte sich eine riesige Prärie mit niedrigen, wellenförmigen Hügeln und vereinzelten felsigen Erhebungen.

11

Die Menschen, die man hier antreffen konnte, lebten nomadisch und pflegten in der warmen Jahreszeit den günstigsten Weidegründen nachzugehen, in denen auch der Bison heimisch war, der kolossale Büffel, eine hoch verehrte und unerlässliche Quelle für die Ernährung und für nahezu alles, was zum Ueberleben nötig war.

Der Kiowa-Stamm, von dem die Legende überliefert wird, hatte vor kurzem ein mehrmonatiges Lager verlassen. Für solche Entscheide war der Stammesrat zuständig, dem mehrere erfahrene Männer angehörten, Leute, die Bescheid wussten über die Wünsche der Stammesangehörigen, namentlich auch der Frauen, und die deshalb von allen respektiert wurden. Der Stammesrat konnte natürlich auch einen Häuptling ernennen, aber das geschah selten, lediglich in Krisenzeiten, bei Fehden mit Nachbarstämmen etwa, und immer nur auf Zeit.

Nach alter Gewohnheit wurde das Lager abgebrochen und für den Transport bereit gemacht. Die Ware wurde sorgfältig auf alle verteilt, sperrige Güter fanden Platz auf einer Art Schlitten, die auf langen Stangen schleiften und von Hunden gezogen wurden. Pferde waren in den damaligen fernen Zeiten noch unbekannt.

In der Nähe eines Flusslaufs, nicht weit von kühlen Wäldern, am Rande der heutigen ‚Black Hills' wurde das neue Lager aufgeschlagen. Die Tradition der Kiowas verband dieses Gebiet mit uralten, mythischen Vorstellungen, die respektvoll gepriesen wurden. Die Männer halfen einander beim Aufrichten der Rundzelte, seit altersher Tipi genannt. Die Frauen sorgten für eine zweckmässige Lagerung der Vorräte. Die Tipis waren eine wunderbare, bewährte Wohnstätte: die Hülle aus vernähten Bisonhäuten schützte vor Hitze und Kälte, und das ausgeklügelte Gestänge trotzte sogar schwersten Stürmen.

Der Stammesrat hatte wirklich gut entschieden: der hiesige Weidegrund war ergiebig, die Jagd brachte ausreichende Beute, das Wasser des Flusses war sauber, und in den nahen Wäldern konnten Beeren und Nüsse - und sogar die unentbehrlichen Heilkräuter - gesammelt werden.

Eines Tages spielten sieben kleine Mädchen ausserhalb des Lagers. Völlig in ihre kurzweiligen Spässe vertieft, beachteten sie die Bären nicht, die sich ihnen langsam näherten. Die Bären bewegten sich vorsichtig und geräuschlos. Erst im letzten Moment, gerade noch rechtzeitig, entdeckten die Mädchen die grosse Gefahr. Sie versuchten, ins Lager zu fliehen, das sie aber nicht mehr zu erreichen vermochten. In ihrer Not kletterten die Mädchen auf einen kleinen Felsbrocken. Sie flehten den Stein an: "Fels, hab Mitleid mit uns, Fels, rette uns".

Und siehe da: der Fels erhörte die Mädchen und fing augenblicklich an, in die Höhe zu wachsen. Die Bären hatten inzwischen den Felsen ebenfalls erreicht, mussten aber erkennen, dass er schon zu hoch war, um nach den Mädchen zu schnappen. Verärgert sprangen sie den weiter wachsenden Felsen an, brachen riesige Brocken heraus und kratzten mit ihren scharfen Krallen tiefe Rillen und Spalten in ihn hinein. Die Mädchen blieben unerreichbar und unversehrt. Immer ferner hörten sie von tief unten das drohende Fauchen und Schaben der Bären.

Der Fels wuchs weiter und weiter und hob die Mädchen bis zum Himmel hinauf. Hier fanden sie eine neue, ewige Heimat.

Wenn man den Nachthimmel sorgfältig absucht, erkennt man bis heute die Mädchen als sieben kleine Sterne am Firmament… im Sternbild der Plejaden.

Blickten die Mädchen damals zur Erde hinunter, erkannten sie deutlich ihre Familien, die sich nach erstem Schrecken und tiefer Trauer bald getröstet hatten, in der Gewissheit, dass ihre Kinder auf wunderbare Weise ins immerwährende Universum eingebunden und auf ewig gut aufgehoben waren…, und das empfanden die Mädchen genau so…

Das ist die Legende von den Plejaden, hochgehalten von Menschen, die an Mythen glauben, Ueberlieferungen schätzen und demütig zu den Gestirnen aufschauen.

## Ishi, der Letzte aus dem Stamm der Yahi

Das ist die bewegende, aufwühlende Geschichte von Ishi! Er war 1911 der allerletzte Ueberlebende des Stammes der Yahi, der im heutigen Grenzgebiet von Oregon und Kalifornien gesiedelt hatte.

Das Leben von Ishi war geprägt von den Verfolgungen durch weisse Siedler und deren Wachmannschaften, die systematisch alle Indianervölker, die sich nach der frühen spanischen Invasion in die Berge zurückgezogen hatten, jagten, erschossen, hängten und schliesslich ausrotteten. Als etwa 10jähriger Knabe überlebte Ishi, zusammen mit einem blossen Dutzend erwachsener Stammesgenossen. Das geschah um das Jahr 1870.

In den nachfolgenden Jahrzehnten gelang es der kleinen Gruppe, den Häschern immer wieder zu entkommen, in der Wildnis ein kärgliches Dasein zu fristen und wunderbarerweise über viele Jahre unentdeckt zu bleiben. Sie hatte keine wirkliche Lebensgrundlage mehr. Als Ishi schliesslich allein übrig blieb, brach sein Wille, in der Einsamkeit weiter zu leben, und er begab sich 1911, als vielleicht 50jähriger Mann, verzweifelt und ausgehungert in eine weisse Siedlung, dem vermeintlich sicheren Ende entgegensehend.

Er wurde unerwartet freundlich empfangen. Der Orts-Sheriff - welches Glück für Ishi! - hatte ein gutes Gespür für die besonderen Umstände, und nach wenigen Tagen schon holte ihn das Ethnologen-Ehepaar Kroeber aus San Francisco ab, das sogar mit seiner Sprache vertraut war.

Ishi hatte nun noch knappe 5 Jahre zu leben und berichtete in dieser Zeit über viel Interessantes und Unbekanntes aus der Lebensweise seines Stammes, ein bewegendes Zeugnis eines Menschen zwischen zwei Welten.

Weit davon entfernt, ein „Wilder" zu sein, wie er von manchen vorschnell etikettiert wurde, war er ein gediegener, würde- und respektvoller Mensch, der in seinem traurigen Schicksal das Glück hatte, in San Francisco von Weissen verständnisvoll und fürsorglich betreut zu werden. Obwohl kerngesund, wurde er von einer Tuberkulose befallen, der er rasch erlag. Einer seiner besten drei weissen Freunde, der Spitalarzt, schrieb nach Ishis Tod folgende bedenkenswerte Sätze: „He looked upon us as sophisticated children - smart, but not wise. We knew many things, and much that is false. He knew nature, which is always true. His were the qualities of character that last forever. He was kind; he had courage and self-restraint, and though all had been taken from him, there was no bitterness in his heart. His soul was that of a child, his mind that of a philosopher".

Ishi beobachtete interessiert die Lebensweise der Weissen und kritisierte sie nie vorschnell. Er erkannte die nützlichen Errungenschaften, verstand sie aber einzuordnen. Das sagt seine Biographin, Ehefrau des Mentors Prof. Kroeber: „He considered the white man to be fortunate, inventive and very, very clever; but childlike and lacking in a desirable reserve (Zurückhaltung), and in a true understanding of Nature - her mystic face; her terrible and her benign (gütig) power".

Zitate aus Theodora Kroeber, ISHI in two worlds, University of California Press, Berkeley/Los Angeles, 1961/1989, S. 229 und 237 f.)

16

## Grundvertrauen

Ein ruhiges Meer, ein wundervoller Sandstrand. Ein Mensch wandert in sich gekehrt, ganz mit seinen Gedanken beschäftigt.

Vor seinem inneren Auge erstehen, Streiflichtern gleich, Bilder aus seinem bisherigen Leben, in loser Folge, manche erfreulich, einige bedrückend.

Unversehens spürt er, dass jemand ihn begleitet, schon länger wahrscheinlich. Er wendet sich ihm zu. Das Gesicht ist undeutlich, er kennt ihn nicht. Der geheimnisvolle Unbekannte gibt ihm ein angenehmes Gefühl von Vertrauen und Sicherheit.

Nachdem das letzte Streiflicht an ihm vorbeigeglitten ist, hält er inne und blickt auf den Weg zurück, den er zusammen mit dem unerforschlichen Begleiter gegangen ist. Dabei stellt er fest, dass in den schweren, angstvollen Zeiten seines Lebens nur eine einzige Spur im Sand zu sehen ist.

Erstaunt und verwirrt wendet er sich an den Unbekannten: „Gabst Du mir nicht zu verstehen, Du würdest immer bei mir sein? Warum hast Du mich verlassen, als ich Dich verzweifelt brauchte?"

„Nie liess ich Dich allein", war die ruhige Antwort, „schon gar nicht in Zeiten der Angst und Not. Wo Du nur ein einziges Paar Spuren im Sand erkennst, sei gewiss: Ich habe Dich getragen…"

## Philippinische Kondome

Der australische Apotheker zuckte bedauernd die Schultern: „Nein, ich habe überhaupt keine Kondome mehr am Lager." Der Kunde senkte enttäuscht sein Haupt und wollte schon umkehren. Da ertönte hinten in der Warteschlange eine sonore Stimme: „Kondome? Habe ich richtig gehört? Davon habe ich reichlich!"

Der Kunde wollte sich schon dem Ausrufer zuwenden. Aber der Apotheker war schneller und trat eilig dazwischen: er hatte verstanden…, so ein Geschäft durfte er sich nicht entgehen lassen.

Das war so gekommen: Der erfahrene Hochsee-Segler Charles war auf den Philippinen gerade daran, sein Boot zum Auslaufen bereit zu machen. Da gewahrte er am Uferweg einen bescheidenen, traurig in die Welt blickenden Filipino. Im Gespräch ergab sich, dass er von der Behörde das undankbare Amt gefasst hatte, den Leuten gegen bescheidenes Entgelt die Empfängnisverhütung zu erläutern und Kondome abzugeben. Er zeigte auf eine nahezu randvolle Kiste dieser Dinger und sagte, er wisse nicht, wie er es anstellen solle, und wenn er die Kondome nicht wegbringe, verliere er sein Ämtlein. Er gebe sie lieber gratis ab, als weiterhin vergeblich auf Kundschaft zu warten… Charles solle doch bitte so gut sein und die ganze Kiste im Meer versenken.

Charles gutes Herz erwärmte sich für das Anliegen des Filipinos. Die Kiste mit dem für ein Segelboot nicht gerade typischen Inhalt wechselte den Besitzer. Das selbe gute Herz hinderte Charles aber daran, die Kiste abmachungsgemäss im Meer zu versenken: der absehbare ökologische Schaden hätte ihn auf immer und ewig belastet. Also blieb die Kiste mit den etwa 5'000 Kondomen vorderhand an Bord.

Nächste Station war Tage später ein kleiner Hafen in Australien. Charles begab sich an Land und wandte sich zur Apotheke, um ein Medikament zu kaufen. Er stand in einer längeren Schlange. Bald war jemand an der Reihe, der gut vernehmlich den Apotheker nach Kondomen fragte; der Apotheker bedauerte, das Lager sei leer, die nächste Sendung treffe in ein paar Tagen ein.

Charles reagierte spontan und rief unüberhörbar: „Ich habe, was Ihr braucht!" Der geschickte Apotheker eilte zu Charles und fragte nach dem „wie viel" und „wie teuer". Charles nannte die 5'000 Stück und einen Stückpreis von 2 US$. Die Kiste wechselte den Besitzer, und alle waren zufrieden.

So ging die ungeplante Reise der philippinischen Kondome zu Ende.

## Butch Cassidy und der Sundance Kid, die lateinamerikanische Fortsetzung

Wer würde erwarten, dass man in Argentinien und Chile auf dieses Duo stösst? Man erinnert sich mit Vergnügen an den berühmten Film von 1969 mit Paul Newman und Robert Redford in den Hauptrollen. Nun erweist sich, dass das Skript des Films die Fortsetzung verschwieg (oder nicht beachtete). Jedenfalls hinterliessen die beiden (begleitet von der Dame Etta Place) noch Jahre nach ihrem (Film-) Tod in den USA unverwechselbare Spuren in Argentinien, Chile und Bolivien!

Im Jahre 1901 flohen Butch Cassidy (eigentlich Robert Leroy Parker) und der Sundance Kid (eigentlich Harry Longabaugh), zusammen mit Sundance's Frau Etta Place, über New York City nach Argentinien. In Buenos Aires folgte der gewohnte, gross aufgemachte Fototermin und die Übernachtung in der standesgemässen Luxusherberge, erstaunliche Fakten, wenn man weiss, dass das Trio in den USA seit Jahren wegen Viehdiebstahl und Bankraub polizeilich gesucht wurde, unter Einbezug der weltberühmten Detektivagentur Pinkerton und mit der Verheissung fetter Prämien.

Im patagonischen Cholila liessen sich die drei nieder und lebten mehrere Jahre friedvoll als geachtete, kenntnisreiche Farmer auf einer grösseren Ranch.

Nur nebenbei: Allan Pinkerton (1819-1884) war Begründer der weltweit ersten Privatdetektei. Seine „Pinkerton Agency" führte als Logo ein weit offenes Auge mit dem Spruch „We never sleep". Präsident Lincoln war einer seiner wichtigeren Auftraggeber.

Butch und Sundance genossen in Cholila einen guten Ruf und wurden von den Nachbarn ebenso geschätzt wie vom Provinzgouverneur.

Nachdem Etta Place ca. 1905 in die Staaten zurückgekehrt war, die Gründe verloren sich schon damals im Nebel, begannen Butch und Sundance wieder ihre kriminellen Aktivitäten. Es wird kolportiert, dass vor allem Sundance einen verzweifelten Hang zum Abenteuer und zum Geld Ausgeben nie loswurde, während Butch eher zur Häuslichkeit neigte.

Ihr Ziel wurde äusserst sorgfältig erkundet: eine chilenische Kleinstadt, gleich hinter der Grenze, die in jüngerer Zeit als Verkehrsknotenpunkt zu Reichtum gelangt war. Die zwei präsentierten sich in der lokalen Bank als Viehzüchter auf der Suche nach chilenischen Ländereien und hinterlegten, im Hinblick auf den Landkauf, eine grosse Summe Geldes, was natürlich einleuchtete und sofort Vertrauen aufbaute. Ausserdem zelebrierten sie ihren Einzug in der Stadt jeweils mit einem artistischen Galopp, ebenso das Verlassen der Stadt, was respektvolle Bewunderung in der ganzen Bevölkerung auslöste.

Am Tag X gingen die zwei zur Bank, erklärten, sie seien fündig geworden und würden heute den Landkauf tätigen; deshalb möchten sie ihr Konto auflösen. Kein Problem, der Kassier stellte das Geld bereit. Jetzt folgte die grosse Überraschung, die das gesamte Bankpersonal lähmte. Die angesehenen Viehzüchter zückten ihre Pistolen und verlangten die Herausgabe sämtlicher Geldbestände.

Dem wurde, der Not gehorchend, umgehend entsprochen. Die zwei marschierten seelenruhig hinaus, bestiegen ihre Pferde und galoppierten – wie gewohnt – blitzschnell an der ahnungslos und begeistert winkenden Bevölkerung vorbei aus der Stadt.

Sie hatten ihren Fluchtweg minutiös geplant, an wichtigen Stellen warteten frische Pferde und Verpflegung, und auf weiten Umwegen gelangten sie zurück nach Cholila. Die chilenischen Verfolger fanden ihre Spur nie, und die sofort eingeschaltete argentinische Polizei blieb genau so erfolglos.

In Cholila wurde man dennoch langsam skeptisch. Man hatte zwar nichts in der Hand, und doch begann man sich zu fragen, ob denn die beiden nicht die Gesuchten sein könnten… Butch und Sundance hatten vorsorglicherweise unterirdische Fluchtwege bis zum nahen Fluss gebaut, die ihnen beim Eintreffen der Ordnungshüter ein Entweichen bestimmt ermöglicht hätten. Sie zogen es indessen vor, rechtzeitig nach Bolivien abzuhauen.

Dort verliert sich ihre Spur. Es gibt welche, die behaupten, sie noch in den 30er Jahren des 20. Jh. gesehen zu haben; andere beharrten darauf, sie seien bei einer Schiesserei ums Leben gekommen und in Bolivien beerdigt. Die Pinkerton Agency scheint ein Interesse an der Todesmeldung gehabt zu haben, um nach vielen Jahren ergebnisloser Suche endlich einen „Erfolg" vorzuzeigen. Eine DNA-Analyse der Skelette des bolivianischen Grabes, die in den 1990er Jahren vorgenommen wurde, zeigte aber einwandfrei, dass da weder der eine noch der andere beerdigt ist.

So wird an der Legende wohl auf immer weiter gewoben…

## Drogen - abgründige Hintergründe

Der chilenische Hacienda-Besitzer Charles betreute hin und wieder Drogensüchtige und schwer Erziehbare aus Deutschland. Er erlebte viel Befriedigung in dieser philanthropischen Aufgabe, akzeptierte aber auch das Risiko und manche Enttäuschung.

Einer der neuen Zöglinge war gleich nach der Ankunft sehr aggressiv und ausfällig. Er bedrohte Charles und das Hacienda-Personal mit dem Messer. Charles machte nicht lange federlesens und band den Randalierer, unterstützt von einem kräftigen Mitarbeiter, blitzschnell an einen Baum.

Der Gefesselte tobte jetzt erst recht und schrie: „Ich bringe Euch um!" Charles entgegnete seelenruhig: „So weit wird es nicht kommen, denn wir lassen Dich am Baum verhungern." Dann nahm er sich geduldig Zeit, dem Widerborstigen die hier geltenden Spielregeln zu erläutern und die Zukunftsperspektiven aufzuzeigen. „Ich bin hier der Chef", unterstrich er, „und hier hast Du die Chance, zu lernen, dass es in dieser Welt ein Fortkommen mit Arbeit und Geldverdienen gibt. Du kannst frei wählen: entweder machst Du mit, oder Du kehrst sofort nach Deutschland zurück".

Der Junge dachte, immer noch an den Baum gefesselt, lange darüber nach. Sein Geschrei wurde ruhiger und verebbte ganz. Viel später bat er, befreit zu werden. Er zeigte sich einsichtig und versprach, die Spielregeln zu respektieren. Er wolle gerne in Chile bleiben.

Nach diesem Auftakt voller Spannung und Gefahr war der Zögling wie verwandelt. Er wurde zum verlässlichen Mitarbeiter. Zum ersten Mal in seinem Leben erlebte er, dass

Arbeit nicht nur mühsam ist, sondern auch Freude bereitet. Und er schickte sich an, offen auf andere Menschen zuzugehen. Er erfuhr, dass man mehr erhält, wenn man mehr gibt.

Eine insgesamt erfreuliche Zeit ging zu Ende. Der Zögling kehrte gesund und voll Tatendrang nach Deutschland zurück. Er konnte sich nicht mehr vorstellen, was für Beweggründe ihn so hart an den Abgrund getrieben hatten.

Der Hacienda-Besitzer Charles war befriedigt über das Ergebnis. Er dachte, die Eltern des Zöglings würden bestimmt gerne mehr Einzelheiten erfahren. Anlässlich eines Deutschlandbesuchs meldete er sich bei ihnen, um zu berichten, wie sich ihr Sohn gewandelt habe und nun eine verheissungsvolle Zukunft vor sich habe.

Charles wurde arg enttäuscht. Die Mutter, eine Psychotherapeutin, und der Vater, ein Geistlicher, nahmen den Bericht widerwillig, ohne Anteilnahme und ungeduldig entgegen. Sie wussten nicht einmal, wo sich ihr Sohn jetzt aufhielt und was seine Pläne waren.

Das Gespräch verlief harzig und endete rasch. Charles war ernüchtert. Er konzentrierte sich auf das, was in seiner Macht stand und freute sich auf den nächsten Zögling, der demnächst ankommen würde.

## Verarbeitung eines Traumas

Der chilenische Knabe und sein Bruder spielten mit den Gewehren des Vaters. Da, unerwartet löste sich ein Schuss, und der eine Bruder fiel tot zu Boden.

Der überlebende Bruder konnte nicht fassen, was geschehen war und litt schwer. Noch Jahre danach überfielen ihn die beklemmenden Erinnerungen. Er fing an zu stottern, quälte sich unter dem Hohn und Spott seiner Mitschüler, und die Schuldgefühle schlugen wie hohe Wellen über ihm zusammen. Manchmal drohte er unterzugehen. Er verkroch sich immer mehr in ein Schneckenhaus und verlor jedes Selbstvertrauen.

Der Hacienda-Besitzer Charles lernte den Jungen als beinahe Erwachsenen kennen. Er sah sich einem sehr unsicheren, zweifelnden Menschen gegenüber, der es kaum wagte, aufrecht zu gehen und schon gar nicht, den Leuten offen in die Augen zu sehen.

Charles liess sich von seinem guten Herz und seiner reichen Lebenserfahrung leiten. Er bot dem Jungen an, auf der Hacienda das Vieh und die Felder zu verwalten. „Ich schenke Dir das Vertrauen und werde Dich unterstützen."

Der Junge zweifelte, ob er das könne und wagte nicht, auf das Angebot einzugehen. Er verharrte verzweifelt in seinem Schneckenhaus.

Charles wiederholte, dass er ihm voll vertraue und flösste ihm Mut ein, das Neue zu wagen. „Ich sehe, dass Du ernst und gewissenhaft bist. Deshalb wirst Du die Aufgabe meistern und Freude daran bekommen. Man weiss nie alles zum voraus. Aber es lohnt sich immer, etwas zu wagen!

Wenn Du mutig und freudig daran gehst, hast Du schon fast gewonnen!"

Nach langem Zureden ging der Junge darauf ein. Er wurde bald ein zuverlässiger, selbstsicherer und stolzer Verwalter. Er ging jetzt aufrecht, wurde nicht mehr gehänselt und blickte den Leuten vertrauensvoll ins Auge. Sein Trauma war verarbeitet. Dafür war er Charles unendlich dankbar.

Charles' gutes Herz hüpfte vor Freude…

# Pferdedressur mit Herz

Der Haciendabesitzer Charles, selbst ein versierter Pferde-
kenner und Reiter, weilte einmal zu Besuch in einem hoch-
karätigen Gestüt, das namentlich auch Dressurpferde
züchtete. Dabei fiel ihm ein Pferd auf: dessen Verhalten
liess ihn annehmen, dass es gewiss irgendwann ganz
falsch behandelt worden war, wahrscheinlich bei nicht-
fachmännischen Dressurarbeiten. Es schreckte, war ner-
vös gereizt und überhörte trotzig alle Kommandos.

Der Besitzer meinte verächtlich, dieses Tier sei leider zu
nichts gescheitem zu gebrauchen und passe nicht in sein
Gestüt. Es wäre deshalb günstig zu haben. Charles, ein
routinierter „Pferdeflüsterer", war beeindruckt, wie verhal-
tensgestört sich das Pferd verhielt  und schlug das Billigst-
angebot aus.

Kurze Zeit danach hielt er sich wieder im Gestüt auf. Er
fuhr mit seinem Auto langsam dem eingezäunten Gehege
entlang und nahm wahr, wie das besagte Pferd plötzlich
auf ihn zu galoppierte, ihn jetzt bedächtig begleitete und
beobachtete und gleichsam nicht aus den Augen liess.

Das Pferd erbat Aufmerksamkeit und suchte nachdrücklich
den Blickkontakt mit Charles. Es war dieser alles entschei-
dende Blick, diese unmissverständliche Botschaft, die
Charles tief berührte und ihn unvermittelt eine aufkeimende
Beziehung zwischen ihm und dem Pferd spüren liess.

Kurz entschlossen bot er dem Gestüt 300 US$. Das Tier
sollte noch am gleichen Tag  zu ihm überführt werden,
durch Mitarbeiter des Gestüts. Zu Hause nutzte er die kurze Zwischenzeit, um den Groll seiner unvorbereiteten Partnerin aufzufangen…

Bald traf das Pferd auf der Hacienda ein und wurde in einem Gehege freigelassen. Es ging nicht lange, da riss es die Abschrankungen um und brach das erste Mal aus.

Charles und seine Partnerin, die übrigens ebenso spontan wie er den besonderen Charakter des Pferdes fühlte, nahmen sich geduldig und liebevoll Zeit, dessen Zutrauen zu gewinnen. Die lange zugeschütteten Anlagen des Tieres wurden beharrlich freigelegt, und langsam entstand eine unbelastete Beziehung zwischen Mensch und Tier.

Und siehe da: das Verhalten des Tieres änderte sich zusehends. Während man es vorher kaum berühren durfte und es schon bei der blossen Nähe eines Menschen ängstlich und unwirsch reagiert hatte, akzeptierte es mehr und mehr alle Gesten und Kontakte und zeigte willige Freude an der Dressur.

Heute ist es ein Tier, das der Hacienda alle Ehre macht und gerne sogar die Reitversuche von kaum vorbereiteten Gästen duldet.

Es repräsentiert einen Wert von gut 12'000 US$ und ist unverkäuflich...

### Wer nicht hören will…

Im schmucken chilenischen Kolonialstädtchen La Serena führt ein Deutscher ein gut beleumdetes, vielgerühmtes Restaurant, das auch bekannt ist für eine reiche, nach und nach aufgebaute Sammlung von allerhand nautischem Krempel.

Der Besitzer bestellte eines Tages neue Fenster für sein Restaurant und bezahlte sie gleich bar, wie das in solchen Geschäften seine Gewohnheit war.

Der zugesicherte Liefertermin verstrich, die Fenster kamen nicht. Alles Mahnen und Insistieren blieb erfolglos.

Der Mann liess es sich nicht verdriessen, heuerte ein paar stämmige Matrosen-Kollegen an, rüstete sie mit Pinsel und schwarzer Farbe aus, und los gings zum Fenstermacher. Hier wurden im Chefbüro flugs alle Fenster und Türen schwarz gestrichen.

Eine hinterlegte Notiz besagte, dass diese „Renovationsarbeiten" kostenlos seien und dass man am nächstfolgenden Tag auch den Rest „renovieren" werde.

Die Fenster wurden noch am gleichen Tag geliefert!

## Ein toter Esel, das Finanz-Eselsmodell und moderne Bankgeschäfte

Es war einmal ein Esel, den Enrique für 500 Pesos an Alberto verkaufte. Leider starb das Tier noch vor der Lieferung. Verständlicherweise wollte Alberto sein Geld zurück. Enrique entgegnete, das sei ihm leider nicht möglich, er habe das Geld schon ausgegeben.

Alberto wollte als düpierter Käufer anderswie zu seinem Recht kommen und beanspruchte den toten Esel, den ihm Enrique denn auch umgehend auslieferte.

Alberto dachte sich: „Ich werde nun den Esel ausschreiben und verlosen... ich sage einfach niemandem, dass er tot ist!"

Einen Monat später begegneten sich die beiden wieder. Enrique erkundigte sich, was aus dem Esel geworden sei? Alberto erklärte frohlockend: „Ich habe ihn ausgeschrieben und verlost. 500 Lose à 10 Pesos haben mir 5'000 Pesos eingebracht. Mein Gewinn betrug 4'490 Pesos!" - Wie hast Du das bloss angestellt? Hat sich denn niemand beschwert, der Esel sei ja tot? - „Nein!", entgegnete Alberto, „mit Ausnahme des Losgewinners, den musste ich natürlich ins Bild setzen. Ich habe ihm erklärt, der Esel sei leider gestorben und ihm das Geld zurückgegeben. Mein Aufwand betrug also ganze 510 Pesos."

Enrique staunte! Er wäre nie darauf gekommen, dass so etwas funktioniert. Er hörte kurz danach, Alberto sei von einer renommierten Bank in eine hohe Funktion berufen worden. Eine Zeitung berichtete unter Bezugnahme auf die Geschichte, ein einfacher Mann namens Alberto habe das Prinzip der Leerverkäufe erfunden. Der Berichterstatter schien wie Enrique zu staunen, allerdings noch mehr über die Tatsache, dass das sogenannte *Eselsmodell*, wie es inzwischen überall genannt wurde, daran war, zu einem Weltfinanzprinzip zu werden und dass mehr und mehr Fachleute sich den Kopf zerbrachen, was dagegen zu tun sei.

## Wenn Bäume Menschen fällen...


Der Premierminister war sehr angesehen. Er war schon mehrere Jahre im Amt und hatte es immer verstanden, die oft gegenläufigen Interessen so zu bündeln, dass seine Haltung allseits respektiert und für gut befunden wurde, in der Regierung, im Parlament und im Volk.

Natürlich gab es da immer wieder strittige Themen, bei denen auch der Premierminister, routiniert und mit vielen Wassern gewaschen, bei sich dachte: „Hier kann man sowohl *so*, als auch *anders* urteilen". Es war ihm sogar aufgefallen, dass bei kurzfristiger Betrachtung eher *„so"*, beim längerfristigen Abwägen eher *„anders"* bevorzugt wurde. Er hatte zusätzlich festgestellt, dass die Parlamentarier und die Massenmedien in aller Regel die kurzfristige Brille aufsetzten und dazu neigten, längerfristige Bedenken wegzuwischen, auch dann, wenn der Berg von Problemen schon erkennbar war, der sich bald auftürmen würde, notabene erkennbar auch für ihn, den Premierminister.

Nun war der Premierminister ein gescheiter Mann, gebildet und belesen. Er war sich sehr wohl bewusst, dass seine Aufgabe nicht zuletzt darin bestand, das Wohlergehen des Landes auch für die nachfolgenden Generationen zu sichern. Aber das politische Tagesgeschäft war hart, Meinungsumfragen wurden folgsam beachtet, immer wieder standen Wahlen an..., mit dem Ergebnis, dass allzu oft spätere Generationen das Nachsehen haben würden. Im Politikerjargon nannte man das „Sachzwänge"...

Ein kontroverses Thema, das in letzter Zeit immer häufiger angeschnitten wurde, war die Art und Weise, wie die Leute, die Gesellschaft, ja das ganze Land mit den natürlichen Ressourcen umgehen sollten. Der Wohlstand hatte sich gemehrt, die materiellen Ansprüche nahmen weiter zu, mehr und mehr riskierte man zu missachten, wie eng die Menschen und ihr Wohlstand mit der Erde verflochten waren, wie bedenkenlos die Menschen die Mutterrolle der Erde gefährdeten.

Das war auch dem Premierminister nicht entgangen, und er nahm den Zwiespalt eigentlich ernst. Aber wie so oft in seiner Laufbahn sah er sich ausserstande, solche Zweifel ernsthaft zu würdigen, wollte er nicht in Kauf nehmen, seine Macht zu verlieren. Er musste sich überdies eingestehen, dass das letztlich gar nicht unbedingt gegen seine wahren Absichten verstiess. Macht war berauschend und ruhmvoll. „Ist es nicht vielleicht manchmal vorteilhaft, sein Gewissen auszuschalten und - wer weiss - für wichtigeres zu schonen und aufzusparen?"

Das profunde Wissen um das Richtige und den erbarmungslosen Zwang zum Möglichen empfand er allerdings häufig als belastend. Namentlich in Mussestunden mahnten ihn solche Skrupel hartnäckig. Die Zeit für erholsame Gespräche mit seiner verständnisvollen Frau war meist zu kurz bemessen. Wenn er sich abends zur Ruhe begab, hoffte er schlicht auf einen neuen, besseren Tag.

Was an diesem besonderen Tag auf ihn zukommen sollte, hätte er sich nie und nimmer träumen lassen.

*

Es war *DIE* Sensation des Tages! Die Titelseiten der Zeitungen waren voll davon, Radio und Fernsehen hielten halbstündlich auf dem laufenden! Man war bestürzt, erschrocken, konsterniert, rieb sich ungläubig die Augen. So etwas hatte es noch nie gegeben… gar niemand vermochte sich an etwas vergleichbares zu erinnern…
Was war geschehen?

In einer beliebten Wohngegend war vorgestern ein Grundstück in bester Lage zu Bauzwecken gerodet worden, heimlich, zu nächtlicher Stunde. Der alte Baumbestand hatte zwar eigentlich als schützenswert gegolten, abgesichert durch eine klare Verordnung. Es gab nicht wenige, die sich dafür einsetzten, diese Vorschriften zu respektieren. Das Bauprojekt war aber zu verführerisch, die Geschäfte zu erfolgversprechend... ersparen wir uns die Einzelheiten: das Grundstück bot sich gestern in der Frühe völlig kahl dar, ohne einen einzigen Baum. Niemand vermochte genau zu sagen, wie und wann die alten Bäume gefällt worden waren, keiner hatte etwas gesehen oder gehört, die zuständigen Amtsstellen hielten sich bedeckt und wimmelten ab...

Wie schon so oft bewährte sich diese Hinhaltetaktik: schon gestern, einen Tag danach, hatte sich das Murren der Leute gelegt. Rasch überwog die Ansicht, man müsse jetzt vorwärts schauen und das beste aus der Situation machen. Und die Bäume? Ja, die würden doch anderswo rasch nachwachsen...

Heute aber, nochmals einen Tag später, war das Unglaubliche geschehen: auf dem Grundstück standen wieder Bäume, alte, kräftige, ehrwürdige... alles sah fast so aus wie vorher, wie in der ganzen Zeit bis vorgestern.

Schon das allein verblüffte jedermann, der es wahrnahm.

Aber am benachbarten Steilhang, ungeeignet für Bauzwecke, was war denn dort geschehen? Gähnende Leere, wo vorher Bäume gestanden hatten. Ihre Wurzeln waren fest im Boden verkrallt gewesen und hatten den Hang kraftvoll festgehalten.

Bald erkannte man, dass die neuen Bäume auf dem Baugründstück exakt dieselben waren, die bis gestern den

Steilhang geschützt hatten...! *Waren die Bäume also gewandert??!!*

Die Nachrichten der Medien überschlugen sich: der Bauunternehmer war verzweifelt, weil sein Vorhaben gestoppt war; die Behörde war gefordert, weil die Bevölkerung zu Recht befürchtete, der Steilhang komme demnächst ins Rutschen; und niemand, weder die rasch beigezogenen Wissenschafter, noch der Ortspfarrer oder der ferne Bischof, konnten sich erklären, wie die Bäume vom Steilhang auf das Baugrundstück geraten waren. Indem sie gewandert waren?... so ein Blödsinn!

Aufschlussreiche Spuren gab es nirgends: im Steilhang klafften keine Löcher, auf dem Baugrundstück standen die Bäume, als ob sie schon jahrzehntelang hier gewesen wären.

Die folgenden Tage brachten keine Beruhigung. Es mangelte nicht an Erklärungsversuchen, aber so richtig überzeugend war keiner. Man hatte es immerhin aufgegeben, an einen Jux zu glauben.

Das alles war sehr, sehr beunruhigend, konnten sich die Menschen doch durch nichts so sehr verunsichern lassen, wie durch eine greifbare, offensichtlich vorhandene Macht, die stärker war als ihr geschulter, überlegener Verstand.

Die Behörde wurde aktiv und setzte Prioritäten: zunächst sei der Hang zu sichern, ordnete sie an. Dem Gesuch des Unternehmers, die Bäume auf dem Baugrundstück kurzerhand zu fällen, wurde nicht entsprochen. Sein Einwand, es handle sich doch um ein bewilligtes Projekt und „nur" um Bäume, wie das erste Mal, verfing seltsamerweise nicht. Es war, als ob die Verantwortlichen schon insgeheim, aber ernsthaft damit rechneten, die Rodung könnte eine weitere „Baumwanderung" und damit einen zusätzlichen kahlen

Steilhang nach sich ziehen... - niemand erkühnte sich indessen, das zuzugestehen.

In den folgenden Tagen legte sich die allgemeine Unruhe ein wenig.

*

Aber da brach nach einer Woche schon eine neue Nachricht herein, ebenso unerklärlich und aufwühlend wie die erste: ein renommierter Kurort in den Bergen berichtete von einem Gelände, das kürzlich für bevorstehende Skimeisterschaften gerodet worden war und das seit heute früh in einem dichten, grossen Wald buchstäblich dem Auge entschwunden war. Kahle Steilhänge über dem Dorf, bislang dicht bewaldet, liessen vermuten, dass auch hier Bäume gewandert waren. Das wurde natürlich nicht so ausgesprochen, nährte aber die Unruhe zusätzlich.

Zum Risiko der rutschenden Steilhänge gesellte sich ein Phänomen, das den Kurort in seiner Seele traf und sein sorgsam gepflegtes Image ernsthaft gefährdete: der Kurpark, dessen alter Baumbestand bei den Gästen sehr beliebt war und alle Prospekte zierte, war auf einmal wie die Steilhänge gähnend leer, bis auf die Blumen und Sträucher und den fleckigen Rasen. In der Tat: die Bäume des Kurparks konnten im neuen Wald des Skigeländes eindeutig wiedererkannt werden...

Parlament und Regierung wurden jetzt bemüht, sie reagierten geschäftig und wortreich, vermochten aber nicht zu überdecken, dass sie ratlos und sehr, sehr besorgt waren. „Was geschieht, wenn das so weitergeht?", spekulierten sie in vertraulichen Gesprächen.

Und es ging so weiter! Am nächsten Tag schon traf aus einem städtischen Vorort die Meldung ein, eine wichtige

Verbindungsstrasse sei nicht mehr passierbar. Ein dichtes Wäldchen ziehe sich quer über die Strasse, und wo gestern noch sauberer Asphalt lag, prange heute reicher Waldboden. Unnötig zu ergänzen, dass auch in diesem Fall Lücken dort zu finden waren, wo die Bewohner Bäume sehr geschätzt hatten.

Besonnene Menschen meldeten sich mahnend: ist da nicht ein Zeichen zu erkennen? Etwas grundlegend Neues muss geschehen sein, wenn die erdverbundenen Bäume sich auf einmal fortbewegen können. Und ist es nicht auffallend, dass sie sich aus denjenigen Reservaten zurückziehen, wo sie gerade noch geduldet und geschätzt gewesen waren? Und sich dort hinstellten, wo ihre Artgenossen rücksichtslos entfernt worden waren?

Man attestierte diesen Leuten zwar Besonnenheit. Aber niemand war bereit, sie ernst zu nehmen und ihren Gedanken Massnahmen folgen zu lassen.

Die Verzweiflung nahm überhand. Man duckte sich vor dem Atem einer Übermacht, der sich wie eine lähmende, undurchdringliche Wolke über das Land legte. Die Menschen fühlten sich entkräftet, entmutigt, wurden apathisch. Die Erstarrung packte auch die Behörden, die Parlamentarier, die Regierung und… den Premierminister. Dieser war erstmals in seiner Laufbahn von einer unfassbaren Ohnmacht durchdrungen und gleichzeitig von der bitteren Ahnung, in seinem Amt etwas sehr Wichtiges versäumt zu haben.

Es war, als ob die Menschen physisch zwar noch existierten, aber geknickt waren in Seele und Geist, *gefällten Bäumen vergleichbar…*

*

Die Frau des Premierministers lag schon lange wach und hatte wahrgenommen, dass ihr Mann offenbar von wilden,

40

qualvollen Träumen gepeinigt wurde, bald um sich schlug, bald unartikulierte Laute von sich gab. Jetzt endlich wachte er auf, schweissgebadet und mit sorgenzerfurchter Stirn.

Er mochte nicht von seinem Traum erzählen. Seine Frau liess ihn gewähren und bedrängte ihn nicht. Sie folgerte aus seinen kargen Bemerkungen, dass der Traum ihn tief aufgewühlt hatte. Er musste ihn gänzlich neu inspiriert und in ihm etwas Fundamentales verändert haben. Anders als früher redete er plötzlich ernsthaft über Bäume und Wälder und deren Wichtigkeit für den Menschen und das Leben auf unserer Erde.

Er sagte zum Beispiel nachdenklich und kummervoll: „Bäume sind erdverbunden und zum Himmel frei! Was bedeutet das? Könnte es nicht sein, dass sie in ihrem langen Leben vom Himmel etwas empfangen und zur Erde weiterleiten, das wir Menschen unterschätzen und missachten? Und was bilden wir Menschen uns ein, wenn wir vorgeben, wir seien unabhängig und frei sowohl zur Erde als auch zum Himmel und stolz davon Gebrauch machen, indem wir uns in den Lüften und auf der Erde ungehindert in alle Richtungen bewegen? Und süffisant den Respekt vor Bäumen verlieren, weil sie unsere Vorhaben behindern und sich nicht von allein wegbegeben können, wie wir Menschen und allenfalls noch die Tiere? Und darob vergessen, dass auch wir ohne die Erde nicht existieren können, also wie die Bäume auch mit ihr verbunden sind, nur anders? Die Bäume können vielleicht nicht wirklich wandern, aber ist es nicht denkbar, dass sie auf andere Art unser Streben zu beeinflussen, ja zu begrenzen vermögen? Und dadurch natürliche Kräfte mobilisieren, denen wir machtlos gegenüberstehen? Wir müssen uns eingestehen, wie sehr sie uns weh tun können…, und akzeptieren, dass wir ihnen allzuu oft einen vermeidbaren Schaden zugefügt haben."

„Wenn man bedenkt", sinnierte er weiter, „dass die Bäume ein viel längeres Erdenleben haben als wir: kann es da nicht sein, dass sie länger dem Atem der Schöpfung, den Energien der Gestirne, den Kräften des Universums ausgesetzt sind als wir und folglich Fähigkeiten anreichern, von denen wir nichts wissen, die wir nur erahnen, die aber für den Fortbestand dieser Welt unerlässlich sind? Der feste Standort der Bäume kann unmöglich ein Nachteil sein: Bäume ruhen fest im Erdreich und konzentrieren sich auf den Energie-Austausch zwischen Erde und Himmel. Hast Du schon mal beobachtet", fragte er seine Frau, „wie elegant und geschmeidig ein Baum den Sturmwind empfängt? Bäume sind nicht auf ein hastiges Hin und Her angewiesen. Ob sie wohl meditieren? Hat deshalb Hermann Hesse gesagt, die Bäume seien Heiligtümer?"

Der Premierminister suchte vorerst keinen Dialog mit seiner Frau, das laute Nachdenken machte es ihm leichter, die drängenden Gedanken zu ordnen. Nach einer Pause fuhr er fort: „Bäume sind offensichtlich ganz besondere Repräsentanten der Schöpfung. Sie können uns manches lehren, das über ihre eigene Welt hinausgeht: so etwa die Schöpfung als Ganzes zu respektieren und demütig die Harmonie aller natürlichen Erscheinungen wahrzunehmen. Ihre wichtigste Lehre besteht wohl darin, dass wir Menschen gemeinsam mit vielen anderen Wirklichkeiten bloss Teil der Schöpfung sind und uns keinesfalls eigenmächtig darüber erheben sollten."

Seine Frau hörte aufmerksam zu, ohne Fragen, ohne Anmerkungen. Für sie war alles bestimmt weniger neu und andersartig als für ihren Mann. Als Frau war sie immer dafür eingetreten, nicht nur auf das verstandesmässige Wissen, sondern auch auf Gefühle zu achten, mit mässigem Erfolg in einer rational geprägten Menschenwelt. Deshalb empfand sie jetzt unendliche Genugtuung.

In den folgenden Wochen und Monaten trieben solche Überlegungen den Premierminister fortwährend um. Er wirkte spürbar nachdenklicher, gereifter, weiser, entschlossener. Es gelang ihm, seine Regierung und das Parlament für die Bedeutung der Bäume und Wälder einzustimmen. Der erfahrene Politiker war sich bewusst, dass moralische Appelle nicht ausreichen würden. Es waren neue Bestimmungen erforderlich, ein ganzes Regelwerk, das die Aktivitäten der Menschen sinnvoll kanalisierte. Geschickt parierte er die Einwände der vorgeblich Liberalen, die dem Premierminister unterstellten, er beschneide den Freiraum der Bürger und gefährde den Wohlstand. Den neuen Bestimmungen wurde bald einsichtig zugestimmt, denn man musste einräumen, dass es ohne kurzfristige Opfer nicht möglich sein würde, die berechtigten Ansprüche unserer Nachfahren zu respektieren.

Im Einvernehmen mit der Bevölkerung gelang es dem Premierminister, Bäume und Menschen zu versöhnen, einen Ausgleich zu finden, der beider Anliegen berücksichtigte, zum Wohle der Erde und - man sagte es zwar bloss unter vorgehaltener Hand - auch des Himmels.

## Aufstand der Tiere - Materatio im Aufruhr

Materatio ist ein Land irgendwo im westlichen Kulturkreis. Es gilt als zivilisiert, industrialisiert und recht wohlhabend. Die Lebensgewohnheiten seiner Bewohner sind nicht sonderlich verschieden von denjenigen anderer vergleichbarer Länder: man denkt vorwiegend in *materiellen* Kategorien, verehrt die *Vernunft* über alles und schätzt Gefühle gering, namentlich solche religiöser oder übersinnlicher Art. Beim Denken und Handeln ist immer der Mensch massgebend, der - so ist man überzeugt - mit seinem überragenden, stets reicher werdenden Wissen alles bestimmen, bewirken und beherrschen kann. Dabei beruft man sich unter anderem auf professionelle Gottesleute, die doch versichert haben, der Mensch sei die Krone der Schöpfung.

Womit auch immer sich die Menschen auseinandersetzen: sie sehen es nicht als Ganzes in einem Ganzen. Nein, sie zerlegen alles in die Bestandteile, um es zu untersuchen, punktuell zu verstehen und dann gezielt zu verbessern oder jedenfalls in ihrem Sinne zu verändern. Die Menschen nennen das „wissenschaftlich", stets mit einem Seitenblick auf ihre Maschinen, die sie ja aus perfekten Einzelteilen geschaffen haben und die so grandiose Leistungen vollbringen.

Man hält vordergründig viel von den Menschenrechten, die man in früheren Zeiten autoritären Machthabern abgetrotzt hat und die man als Voraussetzung aller fortschrittlichen Errungenschaften begreift. Ein Querkopf hat einmal einen Spiegel hingehalten und daran erinnert, dass jedes Recht auch eine Pflicht nach sich ziehe und dass er gerne wissen möchte, wo die „Menschen*pflichten*" festgeschrieben seien. Er wurde aufgefordert, nicht dem Fortschritt im Weg zu stehen und im übrigen die Segnungen der Aufklärung zu respektieren, die manchen anderen Kulturen - so betonte man mitleidig - noch nicht zugekommen seien. Der Quer-kopf resignierte dann ohnmächtig, zumal es schwierig war, die krasse materielle Ueberlegenheit zu hinterfragen, die immer wieder als Beweis für solche Theorien angeführt wurde. Also zog er sich diskret zurück und wartete auf eine nächste Gelegenheit, die gewiss kommen würde... denn schliesslich, so dachte er, war die von seinen Widersa-chern so verherrlichte säkuläre, einseitig vernunftgeprägte Haltung nur rund 400 Jahre alt und brachte es damit auf der Zeitachse der Weltgeschichte bloss zu einem kümmer-lichen Strichlein.

Die Bewohner von Materatio bedachten auch nicht (mehr), dass der alles dominierende Mensch nachgerade abge-koppelt war von den anderen Manifestationen der Schöp-fung, seien das Tiere, Pflanzen, Bäume, Berge oder Flüs-se. Als Menschen stehen sie *über* allem und gehen damit nach Belieben um, indem sie verändern, vernichten und neu schaffen. Sie bestätigen sich gegenseitig laufend neu, unter Hinweis auf Wachstum und Fortschritt, welcher damit allerdings zu einem Fort-Schreiten weg von der Vielfalt der Schöpfung verkommt.

Es kann deshalb nicht verwundern, dass die Bewohner von Materatio bedenkenlos Bäume fällen, Flüsse umlenken, Grünflächen überbauen, Wälder abholzen und Berge durchbohren. Und die Tiere? Ach ja, die Tiere, die sind sowieso mehrheitlich kaum nutzbar und lassen viele Leute überlegen, ob es sie überhaupt brauche. Und die nutzba-ren Sorten hat man ganz gehörig in die bewährten tech-nisch-maschinellen Abläufe gezwängt, mit modernsten Zuchtmethoden, wie man stolz festhält. Nach und nach sind Fabriken entstanden, in denen Nutztiere gezüchtet, gehalten und verwertet werden, wie ein beliebiger anderer Rohstoff. Da die Tiere ja nicht wie Menschen sprechen können, hat man sie natürlich nie gefragt, ob sie damit ein-verstanden oder gar zufrieden seien. Sollte sich ab und zu doch störend erweisen, dass es um Lebewesen geht, dann ist alles griffbereit, um sofort korrigierend einzugreifen: Medikamente gegen lästiges Kreischen-Brüllen-Kranksein und Zuchtmethoden für optimierte, „problemlosere" Eigenschaften. So schuf man etwa Schafe ohne Wollkleid, da Wolle vielfach ein hinderliches Abfallprodukt geworden war, und forschte nach Möglichkeiten, schmerzfreie Tiere hervorzubringen.

Derselbe Querkopf mahnte die Bewohner von Materatio regelmässig, sich an ihre „Menschenp*flichten*" zu erinnern und sich nicht sträflich-nachlässig sämtliche Rechte anzumassen und den Tieren alle Pflichten aufzubürden, die der Gesellschaft genehm und nützlich waren... leider ohne greifbaren Erfolg.

In Materatio dominierte namentlich der Stolz, dass man die drastisch zunehmende Nachfrage nach Fleisch mühelos befriedigen konnte. Die Menschen hatten, so lange man zurückdenken konnte, noch überhaupt nie so viel Fleisch gegessen. Mehr und mehr erlag man dem Trugbild, Fleisch sei kein Naturprodukt, sondern werde „kontrolliert" hergestellt. Davon liess man sich nicht beunruhigen, noch weniger vom Umstand, dass die Nutztiere nachgerade zu einem Nahrungskonkurrenten des Menschen werden, dass auf der ganzen Erde über ein Drittel der Getreideernte zu Tierfutter wird, dass rund die Hälfte der klimaerwärmenden Gase aus der Tierzucht stammen, oder dass es 15'000 Liter Wasser braucht, um 1 kg Rindfleisch aufzubereiten.

Das war der normale Gang der Dinge in Materatio. Und das wäre wohl auch bis in eine (vermutlich nicht sehr) ferne Zukunft so geblieben, wenn nicht... ja, wenn nicht unversehens Dinge eingetreten wären, an denen die Menschen nicht mehr vorbeisehen konnten, obwohl sie ihnen mit den bewährten Mitteln des Verstandes gar nicht fassbar waren. Es war wie der vertraute Spiegel des Querkopfs, nur riesenhaft gross, Respekt gebietend, nicht zu übersehen und nicht zu umgehen.

*

Es musste unter den Nutztieren schon lange gegärt haben. Sie fühlten sich mehr und mehr ausgegrenzt und zu elenden, geplagten Objekten degradiert, die nur noch gemäss den Vorstellungen der Menschen leben - und sterben - durften. Ihnen oblagen alle Pflichten, die Rechte waren bei den Menschen. Es gab kein Bewusstsein einer grossen Gemeinschaft aller Lebewesen mehr.

Doch auf einmal wurde das Grossartig-Unfassbare wahr: die Tiere begannen sich untereinander zu informieren und abzusprechen. Es begann bei den Hühnern, die ganz besonders schändlich geknechtet wurden. Von da ging es weiter zu den Kühen, Schweinen, Eseln und Pferden. Nach und nach gesellten sich alle dazu, auch die wild lebenden Mitglieder der Tiergemeinschaft.

Die Tiere waren sich einig geworden, dass unbedingt etwas geschehen müsse. Ihre Lebensbedingungen waren unwürdiger geworden denn je. Sie fühlten sich der natürlichen Umwelt immer mehr entfremdet. Sie vermissten die Freude an der eigenen Nahrungssuche und das Zusammensein in der Gruppe. Sie alle spürten, dass sie unter Artgenossen aggressiver geworden waren und ungehalten reagierten, wo früher die Zugehörigkeit zur Herde mässigend gewirkt hatte. Sie litten unter neuen, unbekannten Krankheiten und wurden von den Menschen für Bresten behandelt, die gar nicht existierten.

Wie tauschten sie sich aus, unter so verschiedenen Lebewesen und auch über grössere Distanzen? - Die Menschen rätselten lange und mussten allmählich einsehen, dass die Tiere ganz offensichtlich fähig waren, Gedanken zu übertragen. Sie brauchten weder verbale noch schriftliche Mittel. Man hatte das einmal bei Pflanzen und Bäumen beobachtet und sich betreten eingestehen müssen, dass der menschliche Verstand für solche Dinge überfordert war. Bei den Tieren jedenfalls schien das nun einwandfrei zu funktionieren. Bald wurden die Menschen durch überaus seltsame Meldungen aus allen Landesteilen aufgeschreckt.

Ihr Instinkt sagte den Tieren: „Wir sind dem Menschen zwar unterlegen und haben ihm zu allen Zeiten als Nahrung gedient... Aber der Mensch hat das ehedem zu schätzen gewusst, hat uns achtsam behandelt und sich dankbar gezeigt, wenn der Moment gekommen war. Aber heute? Heute gibt es keine Rücksichten mehr, keine Anerkennung, keine Dankbarkeit. Heute zählt nur noch die Menge und die unbedingte Unterwerfung!"

Die Klügeren unter ihnen wandten ein: „Wisst Ihr, damit läuft unter uns Tieren etwas ab, das dem menschlichen Verhalten gar nicht unähnlich ist. Auch die Menschen haben sich den natürlichen Abläufen entfremdet, empfinden keine Genugtuung mehr bei der Nahrungsbeschaffung, begegnen sich immer öfter gereizt und aggressiv und werden befallen von vielen, oft neuartigen Leiden!"

Die Tiere hatten halt einfach ein feines Gespür für die langfristige Ausrichtung der Natur und für die oft bedächtigen, aber unaufhaltsamen Vorgänge, die unweigerlich ein neues, harmonisches Gleichgewicht herbeiführten. Sie wunderten sich - und waren mehr und mehr entsetzt - dass die Menschen das zwar wussten, aber in ihrem gierigen, kurzfristigen Streben nach Spass und Wohlstand geringschätzten und wegwischten... als ob ihr Verstand das Herz ausgeschaltet hätte.

*

49

Da war ein *Esel*, der das Zeug zum Anführer hatte. Er argumentierte überzeugend und brachte die gescheitesten Ideen vor. Darin wurde er kongenial bestätigt und unterstützt von einem eindrucksvollen *Hahn*.

Es gelang den beiden, die Stimmenvielfalt der Tiere zu bündeln und eine gemeinsame Haltung zu beschwören. „Ihr müsst wissen", verkündete der Esel, „dass wir Tiere lange vor den Menschen auf dieser Erde gewesen sind. Bei uns hat die Verehrung der Natur immer viel gegolten." Man scharrte und nickte beifällig, und die gefiederten Genossen krächzten und flatterten zustimmend. „Ihr solltet indes auch bedenken", fuhr der Esel weise fort, „und das ist sehr wichtig: die Menschen sind nicht etwa schlechter geworden, nein, sie sind verstrickt in unselige Abläufe und Systeme, aus denen sie sich offenbar allein nicht mehr befreien können. Wenn wir nun beginnen, ernstlich aufzubegehren und dabei den richtigen Ton finden, wird das auch den Menschen auf den richtigen Weg helfen."

Das weckte nun doch Zweifel und stimmte die Tiere nachdenklich.

Es war deshalb gut, dass der Hahn geschickt nachhakte: „Wir müssen die Menschen wieder zur Einsicht bringen, dass wir alle zusammen eine Gemeinschaft bilden. Sie rennen blindlings Dingen nach, die sie - und letztlich uns alle - ins Verderben führen. Sie sollten unbedingt die Werte überdenken, die sie derzeit so begeistert hochhalten. Wenn wir nämlich bloss einseitig kritisieren und anklagen, schürt das lediglich ihre Machtgefühle und Aengste, und dann ist für niemand etwas gewonnen. Wir müssen sie zwar hart und dramatisch aufrütteln, sie aber gleichzeitig auf den Sinn des Umdenkens hinweisen... ihnen gleichsam eine Brücke bauen."
Es wurde noch viel gescharrt und gebrüllt und gekrächzt und geflattert unter den Artgenossen, aber schliesslich

konnten Hahn und Gockel zufrieden feststellen, dass man ihnen zustimmte und ihnen zu folgen bereit war.

Solcherart vorbereitet, beschloss die Gemeinschaft der Tiere auf Antrag des Esels, sekundiert vom respektgebietenden Hahn, einen Aktionsplan, der unverzüglich umzusetzen sei.

*

Kurze Zeit danach staunten die Bewohner von Materatio über täglich neue, beunruhigende Meldungen aus allen Landesteilen. Man nahm sie zunächst ungläubig, später zerknirscht und schliesslich verzweifelt entgegen. Und man war ratlos, denn die bewährten Erklärungen versagten allesamt. Die Wissenschaft kapitulierte. Die Aufgeklärten verharrten diskret im Hintergrund. Der Querkopf beobachtete still.

In Mastwil griffen an die 300 Schweine ihre überraschten Aufseher und Peiniger an und richteten sie übel zu. Danach flohen die Tiere aus den engen, dunklen Zellen in einen nahegelegenen Wald und versteckten sich.

Einer Meldung aus Laktokofen zufolge zerstörten die Kühe nach dem Melken alle Einrichtungen, stiessen sämtliche Behälter um und liessen die transportreife Milch versickern, vor den Augen der fassungslosen Knechte.

In einer riesigen Eierfarm in Ovigna schienen die Hühner ausser Rand und Band geraten zu sein. Die ansonsten friedlichen und fügsamen Tiere vernichteten eine ganze Tagesproduktion und versammelten sich anschliessend auf dem Dach, von wo sie genüsslich und herablassend auf die händeringenden Menschen niederschauten.
Dramatisches hörte man aus Elvène: 20 schlachtreife Kühe überwältigten die Begleiter und weigerten sich erfolg-

reich, die Transportwagen zu besteigen. Zur Zeit verharrten sie im Hof, wo sie respektgebietend einen wehrhaften Kreis bildeten, eine Art Wagenburg, in ihrer Mitte die hilflos-verzweifelten Begleiter.

Aus Fertilano wurde berichtet, ein Stier habe überraschend zu toben begonnen und die Entnahme von Samen abgewehrt. Niemand erkühnte sich, dem schnaubenden Koloss nahe zu kommen.

Die wichtige Verbindungsstrasse über den Cäsara-Pass war blockiert, auf beiden Seiten stauten sich kilometerlange Autoschlangen. Hunderte und Aberhunderte von Steinböcken, begleitet von ebenso vielen Gemsen, belagerten die enge Passhöhe. Der herbeigeeilte Wildhüter konnte sich nicht erklären, woher die alle herbeigeströmt waren. Er stammelte nur immer wieder, in seinem Einzugsgebiet habe er niemals derartige Bestände beobachtet. Es war eine gespenstische Stimmung dort oben: in den Lüften kreisten krächzende Dohlen, ringsum pfiffen unzählige Murmeltiere ohne Unterlass. So war die Lebensader zwischen Tiefland und Hochtal verstopft, und es erwies sich bald, dass auch die Bahnlinie, auf die man bei Lawinenniedergängen üblicherweise ausweichen konnte, versperrt war: eine gigantische, unabsehbare Schafherde lagerte auf der Trasse.

Auf der Alp Mutona war der Schafhirt am Verzweifeln. Seit Tagen hatten die Tiere aufgehört zu fressen. Apathisch lagen sie herum. Der ansonsten treu ergebene Hund schien die Schafe zu verstehen, denn er liess sich vom Hirten nicht mehr kommandieren, wich seinen Blicken listig aus und hinderte die Schafe nicht, zu tun, was sie wollten.

Aehnliche Nachrichten prasselten jetzt aus allen Landesteilen auf die Bewohner von Materatio nieder. Die Stimmung verdüsterte sich. Nach wenigen Tagen war die Versorgung mit tierischen Nahrungsmitteln gefährdet, die Menschen begannen, vor den Läden Schlange zu stehen. Die Medien übertrafen sich mit inhaltlosen Spekulationen, die Politiker forderten Massnahmen, Panik griff nach und nach um sich.

Spezialisten aller Art wurden aufgerufen, zum Rechten zu sehen. Im allgemeinen Tumult ergingen die Hilferufe auch an sonst geschmähte Leute, wie den Querkopf, die Pendler, die Hellseher und die Tierflüsterer. Einigen gelang es, bis zum Esel und zum Hahn vorzudringen. Alle meldeten übereinstimmend, die Tiere würden auf Dingen beharren, die der Menschheit eigentlich vertraut und in zahllosen Berichten nachzulesen seien, die aber leider immer wieder beiseite geschoben und oft lächerlich gemacht worden seien. Ihre Informationen erregten Aufsehen, gelegentlich auch Widerspruch. Ganz unerwartet stimmten mehr und mehr Vertreter der aufgeklärten Wissenschaften kleinlaut zu und räumten ein, dass hier Dinge geschähen, die man zwar nicht restlos erklären könne, die aber nichtsdestotrotz sehr ernst zu nehmen seien. Alle Botschaften wirkten wie eine unübersehbare Feuerschrift an der Wand: *„Umdenken, und zwar jetzt!"*

*

Es war ungefähr zwei Wochen später, als vor dem Regierungsgebäude der Hauptstadt Seltsames geschah. Angeführt vom Esel, auf dessen Rücken der stolze Hahn in die Runde blickte und hie und da gebieterisch die Flügel ausbreitete, bewegte sich ein langer Umzug von Tieren aller Gattungen langsam, aber zielbewusst und selbstsicher auf den Palasteingang zu und verlangte Einlass für ihre beiden Anführer. In der Luft kreisten Schwärme von Raben, einige stachen wild herab, schwirrten bedrohlich um die Köpfe der paar gaffenden Menschen, erhoben sich wieder flatternd und krächzend und untermalten das Geschehen unmissverständlich.

Der Staatspräsident hatte zwar die Meldungen seiner Sendboten angehört, war aber skeptisch und ungläubig geblieben, wie sich das für einen Politiker mit machtgeprägtem Sachverstand und verlorenen Gefühlen gehörte. Als er jetzt die Szene von seinem Bürofenster aus beobachtete, wurde er ernstlich beunruhigt. Er meinte sogar erste Anzeichen von Angstschweiss und Herzrasen zu spüren. Seinen engen Ratgebern ging es gleich. Fassungslos, widerstrebend und resigniert willigte er nach kurzem Zögern ein, die Delegation der Tiere zu empfangen.

Der Esel und sein Begleiter durchschritten würdevoll das riesige Eingangstor, wandten sich in der mächtigen, teppichbelegten Halle zur Treppe und stiegen hoch. Sie konnten sich ein Schmunzeln nicht verkneifen, wenn sie aus den Augenwinkeln die Menschen beobachteten, die bleich, mit leeren Augen und offenen Mündern wie angewurzelt stehen geblieben waren.

Es war ein prächtiger Auftritt, als der Esel, immer mit dem farbenfroh gefiederten Hahn auf dem Rücken, dem Staatspräsidenten entgegenging. Der war jetzt recht verlegen, und die unausgesprochene Frage „Was soll das eigentlich?" war ihm ins Gesicht geschrieben.

Esel und Hahn konnten ihn aber schon mit ihren Grussworten für sich einnehmen, denn sie beherrschten die Menschensprache. Das wirkte beruhigend auf den Staatspräsidenten. Er fasste sich, blieb aber ungläubig-staunend, und der hinter ihm stehende Diener beobachtete verstohlen, wie sein Chef sich ganz unprotokollarisch in den Hintern kniff, wohl um sicherzustellen, dass er nicht träumte.

Esel und Hahn brachten behutsam, eindringlich und überzeugend ihr Anliegen vor. Der Staatspräsident hörte aufmerksam und mit wachsendem Interesse zu, auch wenn das Tagesprogramm dadurch zum ersten Mal in seiner

Amtszeit ganz umgekrempelt wurde. Er nahm sich Zeit, stellte seinerseits Fragen, beriet sich zwischendurch mit seinen engsten Ratgebern und kam schliesslich zu Erkenntnissen, die er noch Stunden zuvor als unmöglich und völlig undurchführbar weit von sich gewiesen hätte.

*

Heute früh informierte der Staatspräsident sein Volk über sämtliche Medien. In einem nachvollziehbaren Reflex hatte er zunächst zu vertuschen versucht, er habe mit einem Esel und einem Hahn konferiert... das war ihm einfach allzu peinlich. Die Beobachtungen vieler Augenzeugen und die Bilder der Reporter (wer hatte sie eigentlich gerufen?) überzeugten ihn aber, es sei besser, die volle Wahrheit zu verkünden.

Er wirkte nachdenklicher und besorgter als sonst. In seinen Worten spürte man viel Verständnis für die Anliegen der Tiergemeinschaft, ja es war, als ob er sich die fundierte und besonnene Haltung von Esel und Hahn zu eigen gemacht hätte. Seine sonst so forsche, selbstsichere Art war verflogen. Im Gegensatz zu früheren Verlautbarungen und Aufrufen blieb er redlich und räumte mit belegter Stimme ein, es handle sich jetzt darum, das zu tun und durchzusetzen, was man schliesslich schon lange wisse.

Er forderte die Bewohner von Materatio demütig und nachdrücklich auf, diese Anliegen ernst zu nehmen und ab sofort - die Gemeinschaft der Tiere schmunzelte und war zugleich gerührt - die Menschen*pflichten* zu beherzigen und die Rechte der Tiere endlich zu respektieren.

Er kündigte an, rasch Massnahmen zu ergreifen und appellierte an sein Volk, ernsthaft umzudenken und fortan alle Aktionen mit der Tiergemeinschaft abzusprechen.

Die Tierwelt war einstweilen befriedigt. Die dramatischen, harten Aktionen wurden eingestellt. Man würde jedoch abwarten und wachsam bleiben.

*

Die Bewohner von Materatio hatten noch nie eine solche Botschaft gehört. Sie waren aufgerüttelt. Würden sie auch bussfertig sein?

Gegen Abend waren die ersten zustimmenden und ablehnenden Kommentare zu vernehmen. Die „aufgeklärten" Vernünftigen, also die Wissenschaft und die etablierten Interessenvertreter, verbargen notdürftig den Schrecken, den ihnen das Unfassbare eingejagt hatte, unterstützten zähneknirschend die Haltung des Staatspräsidenten und erklärten, bis zu weiteren systematischen Abklärungen könne nichts Endgültiges gesagt werden... keiner zeigte sich vorbehaltlos einsichtig. Der Querkopf gab sich zufrieden mit den wenigen Stimmen, die anerkennend und dankbar an seine vielen früheren Aufrufe erinnerten. Er wollte abwarten, ob die Bevölkerung von Materatio und ihre Behörden ihren Irrtum wirklich anerkennen würden, nachdem ihnen die Wahrheit so deutlich offenbart worden war.

Wie es wohl weitergeht...?

## Wieviel Zivilisation...?

Solana wuchs bis zum Alter von 14 Jahren bei ihren Schweizer Eltern in Brasilien auf. Danach kam sie für längere Zeit in die Schweiz, zunächst um hier die Mittelschule zu besuchen. Anschliessend heiratete sie und bekam drei Kinder, die sie nach der Trennung von ihrem Mann allein grosszog. So um die 40 lockte es sie wieder nach Brasilien, dem Land ihrer Geburt und Adoleszenz, wo sie ihr künftiges Leben verbringen wollte.

Die Eltern lebten inzwischen nicht mehr, und das Haus der Familie in Rio de Janeiro war in andere Hände übergegangen. Eine ältere Schwester wohnte zwar ausserhalb der Metropole. Aber Solana liebte das Land vor allem wegen der einfachen, spontanen und herzlichen Leute, die nach wie vor die ländlichen Gegenden prägen. Deshalb suchte sie im Norden, ungefähr eine Fahrstunde von Salvador de Bahia, eine bescheidene Unterkunft. Das Dorf zählte kaum 300 Einwohner, verfügte über keinen elektrischen Strom und kein fliessendes Wasser, und die staubigen Strassen waren nicht asphaltiert. Das störte weder die Bewohner, die meist Bauern oder Fischer waren, noch Solana, die dem eigentümlichen Charme dieser neuen Umgebung sofort verfiel: dem nahen Meer, der paradiesischen Stille, dem angenehmen Klima jahraus, jahrein und eben ... den bescheidenen, sympathischen Leuten, die Solana sogleich in ihr Herz schlossen. Sie hatte sich entschieden, sie zog um.

Solana freundete sich mit den Leuten an, tauschte Eindrücke und Erfahrungen aus und war immer aufs neue überrascht, wie viel Lebensweisheit sie bei Menschen vorfand, die kaum je das Dorf verlassen hatten. Sie durchstreifte gerne die nahe Umgebung und genoss stundenlange Wanderungen dem Meer entlang. Der feine, saubere Sand war einfach köstlich. Sie lauschte dem kehlig-trockenen Lachen der vielen Möwen und bewunderte ihre ausdauernde fliegerische Akrobatik.

Jahrelang empfand Solana den Ort als wunderbares Refugium, als kleines, persönliches Paradies.

Mit der Zeit kam Elektrizität und fliessendes Wasser ins Dorf. Solana konnte jetzt über Internet mit ihren Kindern und mit Freunden in der Schweiz kommunizieren. Alles weitere ging seinen gewohnten, vertrauten Gang.

Als viel später die wichtigsten Dorfstrassen asphaltiert wurden, bewirkte das zwar ein allgemeines Aufatmen: „...endlich...!" Und doch gab es Dorfbewohner, die damit gar nicht zurecht kommen sollten.

Solana war mittlerweile eine dorfbekannte, geachtete Persönlichkeit. Sie schätzte dankbar die offene Zuneigung der Leute. Wenn sie nach ein paar Wochen Abwesenheit aus der Schweiz heimkehrte, war sie schon beim Verlassen des Fahrzeugs von Kindern umringt, und jedermann zeigte sich erfreut und glücklich, sie jetzt wieder „daheim" zu haben. Das berührte Solana tief und gehörte für sie zu einer ganz wesentlichen Qualität ihres dortigen Lebens.

Oft hatte sie mit einem Kleinbauern geplaudert, der jeweils früh morgens an ihrem Haus vorbei zur Arbeit ging und abends zurückkehrte, begleitet von einem treuen, zuverlässigen Esel.

Der Bauer war seine harte Arbeit gewöhnt und zufrieden. Immer wieder lobte er seinen lieben Esel: „Ja, den mag ich nicht missen..., ohne seine Hilfe könnte ich meine Arbeit unmöglich verrichten! Und weisst Du", fuhr er fort, „der ist bei aller anhänglichen Ergebenheit so selbständig und pflegeleicht. Wenn ich abends heimkehre und ihm die Lasten und das Sattelzeug abnehme, wird er ganz munter, wackelt fröhlich mit dem Kopf und trabt die Strasse hinunter irgendwohin, wo er Futter und eine Schlafstelle findet... ich könnte Dir nicht einmal sagen, wo! Am anderen Morgen steht er immer pünktlich vor meinem Haus, ausgeruht und einsatzbereit."

Jahrelang beobachtete Solana Bauer und Esel und lernte in vielen weiteren Gesprächen die Eigenheiten von Mensch und Tier näher kennen. Das Zweigespann faszinierte sie, und sie nahm respektvoll wahr, dass keiner dem anderen untergeordnet war und dass beide gleichsam dankbar ihrem eingespielten Tagwerk nachgingen.

Als nun die Dorfstrasse vor dem Haus des Bauern ebenfalls asphaltiert worden war, war auch er recht zufrieden damit, und sein Esel trabte munter über die glatte Oberfläche und musste nicht mehr wie früher auf spitze Steine und tückische Löcher achtgeben. Indes erliess die Behörde auf einmal eine Weisung, wonach den Tieren, namentlich Pferden, Kühen und Eseln, das freie Herumlaufen auf den schönen Belägen künftig nicht mehr gestattet sei... die komfortablere Strasse verlange selbstverständlich nach mehr Ordnung, für Mensch wie auch für Tier.

Dem Bauern wollte das überhaupt nicht einleuchten. Weisungsgemäss führte er seinen Esel abends auf ein benachbartes freies Feld, band ihn dort fest und holte ihn anderntags wieder zur Arbeit ab. Es blieb ihm nicht verborgen, dass sein Esel damit genau so wenig zurecht kam wie er selbst. Aber nicht nur das: er schien regelrecht darunter zu leiden, dass es ihm nicht mehr vergönnt sein sollte, die Feierabend-Freiheit zu geniessen. Seine spontane morgendliche Zuversicht und die Freude an der Arbeit mit dem Meister waren verflogen, er zeigte bloss noch dumpfes Pflichtbewusstsein.

Der Esel wurde bald krank und schwach. Nach wenigen Monaten fand ihn der Bauer eines Morgens tot neben dem Pflock auf dem freien Feld.

Mit Tränen in den Augen erzählte der Bauer diese Geschichte. Er wirkte verwirrt und ratlos und fragte ständig nach dem Sinn von Neuerungen, die Mensch und Tier so tief verletzen konnten.

Solana war sehr beeindruckt. Dies mochte ein Einzelfall sein. Aber er zeigte auf einen Zusammenhang, den der Mensch in seinem Fortschrittsdrang allzu leichtfertig unterschlägt.

Kurz danach liess die Behörde die Dorfbewohner wissen, dass jetzt endlich auch hier die wahre Zukunft beginnen werde. Man habe festgestellt, dass die Leute aus dem fernen Salvador de Bahia und anderen Städten die Ruhe und den sauberen Strand des Dorfes sehr schätzen würden. Also müsse man ihnen etwas bieten, zum Vorteil der Dorfbewohner natürlich: Appartment-Häuser, Hotels, Unterhaltung aller Art. Eine erfahrene Immobilienfirma sei daran, Pläne auszuarbeiten.

Solana sieht dieser neuerlichen Fortschrittswelle unbehaglich entgegen und ist sehr nachdenklich geworden. Wie der Esel des Bauern weiss sie massvolle Neuerungen wohl zu schätzen. Aber wie dieser Esel spürt sie feinsinnig die Folgen eines Fortschritts, der unnötigerweise organisch Gewachsenes zerstört. Nach 30 Jahren im wunderschönen, heimeligen Dorf fragt sie sich deshalb, ob sie dieser „wahren Zukunft" nicht besser entgehen und ein neues Domizil suchen solle.

# Eine Schranke zwischen Diesseits und Jenseits?

*Prolog*

Wenn im westlichen Kulturkreis jemand das Ende seines diesseitigen Lebens erreicht hat, sagt man, er sei ins *Jenseits* hinübergegangen. Das Jenseits stellt man sich üblicherweise als etwas ganz anderes, nicht fassbares vor, das recht scharf vom Diesseits getrennt erscheint. Dementsprechend steht im Denken und Handeln immer das konkrete, greifbare Diesseits im Vordergrund. Kontakte zwischen den zwei Bereichen werden gerne ins Reich der Fabel verwiesen.

Die Kelten - und wohl auch andere Naturvölker - sprachen vom Erdenleben als von *dieser Welt*, im Gegensatz zur *Anderswelt*, in die wir uns nach dem Tod begeben. Die beiden Welten waren nach ihrer Vorstellung nicht scharf voneinander abgegrenzt, eine Schranke war nicht spürbar. Sie waren einander auch nicht unter- oder übergeordnet. Den Übergang dachten sich die Kelten fliessend und kontinuierlich. Kontakte waren jederzeit möglich.

*Wahrer Bericht*

Lea und Reto waren über 25 Jahre verheiratet. Sie blieben kinderlos. Reto war 17 Jahre älter und hatte 3 Kinder aus erster Ehe.

Das Paar pflegte eine gute, harmonische Gemeinschaft. Reto war ein ausserordentlich dynamischer Unternehmer, mit visionären Vorstellungen, die er nach entbehrungsreichen Anfängen mit grossem Erfolg umsetzte. Er war überdies ein erfahrener Pilot, eine Liebhaberei, die er privat und geschäftlich ausleben konnte. Lea war ihm in allem eine unerlässliche, sehr hilfreiche Gefährtin. Man kann sagen, dass die beiden nicht nur privat, sondern auch geschäftlich einen eng verflochtenen, gemeinsamen Weg gingen. Lea war 62, als Reto mit 79 in die andere Welt hinüberging.

Lea war wie Reto ein praktisch veranlagter Mensch, voll in der diesseitigen Welt verankert, und doch mit einem feinen, offenen Sinn für alles Aussergewöhnliche und für das Immaterielle.

Kurz nach dem Tod von Reto sass Lea einmal am Mittagstisch. Als sie zum Fenster hinausschaute, gewahrte sie einen Condor, der langsam vorübersegelte. Es schien ihr, als ob er zu ihr hinübergrüsse. Lea dachte sofort: „Das ist Reto, voll in seinem fliegerischen Element, er schaut vorbei und grüsst mich… wie schön!" Lea hatte nie den leisesten Zweifel, dass es sich so verhalte und empfand das Ereignis als tröstend, beruhigend und hilfreich in ihrer Trauer.

Der Condor zeigte sich in der Folge immer wieder, und Lea begann, ihn mit „Reto" anzureden und mit ihm Gespräche zu führen.

Als tatkräftige, initiative Frau verfolgte Lea als Witwe von Anfang die Absicht, nicht einfach ihr grosses Vermögen zu verwalten, sondern sich in einem Projekt zu engagieren, das ihr immer am Herzen gelegen war: sie wurde Hotelière. Trotz ihrer natürlichen Begabung für eine solche Aufgabe schätzte sie den Rat von Fachleuten… und von Reto. Mit den Gedanken beim Condor fragte sie Reto jeweils nach seinem Urteil, und die Antwort kam immer! Das gab Lea grosse Sicherheit und auch die Zuversicht, dass Reto ihr ungewöhnliches Projekt gutheisse und unterstütze.

Einmal war Lea mit dem Auto unterwegs. Auf einmal stach der Condor herunter und flog haarscharf vor der Windschutzscheibe vorbei. „Was willst Du eigentlich, lieber Reto?", fragte die etwas verängstigte Lea.

Bei anderer Gelegenheit ging Lea mit einem Bekannten in einem Gartenrestaurant essen. Da war er schon wieder, der Condor! Tief kreiste er über den beiden, immer und immer wieder. „Beobachtet er uns eigentlich? Ist er gar eifersüchtig?"

Die Besuche des Condors bei ihrem Wohnhaus waren so häufig, dass es auch den anderen Bewohnern auffiel und sie Lea ansprachen: „Haben Sie den prächtigen Vogel dort gesehen? ... seltsam, wie häufig er zu jenem Baum kommt!"

Mit den Jahren wurde es Lea ein bisschen unangenehm. Nicht dass sie sich eingeengt oder kontrolliert gefühlt hätte. Sie schätzte ja die Aufmerksamkeit von Reto, die ihr da zuteil wurde und die sie immer noch in ihrer Trauerarbeit unterstützte. Anderseits dachte sie, es wäre jetzt doch an der Zeit, ihr diesseitiges Leben unbehelligt weiterzuführen ... „Wäre das nicht im Sinn des diesseitigen Reto gewesen?". - Das gedachte sie dem Condor mitzuteilen.

Kurz danach erschien er wieder, majestätisch vor Leas Terrasse dahinsegelnd wie immer. Plötzlich war er hoch über ihr, schoss pfeilschnell herunter und flog ganz nahe an ihrem Gesicht vorbei. - „Reto", sagte Lea, „hör mal zu: ich bin ja für Deine Hilfe so dankbar. Aber mein Leben geht weiter, und ich muss mich hier frei fühlen und nicht den Eindruck gewinnen, von Dir auf Schritt und Tritt begleitet zu sein oder vielleicht gar Dein Missfallen zu spüren. Lass mich bitte los, das wäre doch besser für uns beide! - Weisst Du was? Du wirst jetzt wegfliegen. Komm dann gleich noch einmal vorbei... das wäre mir ein klares Zeichen, dass Du mich verstehst!"

Der Condor stieg souverän zu den Weiten des Himmels hoch und verschwand. Lea schaute ihm nach und hoffte inbrünstig, er möge sich bald nochmals zeigen. Nichts geschah, der Condor blieb unsichtbar. - Da plötzlich begann Leas kleiner Hund zu bellen, zum Aerger von Lea, die jetzt eher Stille brauchte. Der Hund bellte weiter und schaute seltsamerweise an Lea vorbei, hoch zum Dach des Hauses hinter ihr. Lea schenkte dem weiter keine Beachtung und schaute ungeduldig weiter in die Richtung, aus der ihr Condor zurückkehren würde. Da, urplötzlich fühlte Lea, wie sich der Vogel rasend schnell von hinten näherte...er musste hoch über dem Haus beobachtend seine Kreise gezogen und dann zum Sturzflug angesetzt haben. Er schoss haarscharf an Lea vorbei, ging unvermittelt über in einen zügigen Steigflug und wurde vor dem tiefblauen Himmel kleiner und kleiner. Bald verschwand er hinter kleinen Wolken.

Lea hatte jetzt die Gewissheit, dass Reto sie verstanden hatte. Er hatte ihr das mit einer charakteristischen Geste bestätigt: zu Lebzeiten genoss er es scherzhaft, sich ihr geräuschlos von hinten zu nähern und sie so zu überraschen...

Seither zeigt sich der Condor seltener. Er nähert sich nicht mehr wie früher, und doch scheint er zu grüssen, wie um zu sagen: „Ich bin immer für Dich da, Du machst es gut, ich bin stolz auf Dich und bewundere Dich...!"

So blieben Lea und Reto weiter eng verbunden. Sie spürten keine Schranke zwischen *dieser* und der *anderen* Welt...

64

## Die Sternen-Prinzessin

Der chilenische Hacienda-Besitzer Charles offerierte seinen Besuchern Ausflüge zu Pferd. Mehrtägige Touren führten in die Anden-Höhen. In der faszinierenden, unwirklich anmutenden Bergwelt wurde bei klarer Luft in Zelten übernachtet. Am abendlichen Lagerfeuer pflegte dann Charles aus der unerschöpflichen Schatztruhe seiner Geschichten wunderschöne Juwelen hervorzuholen.

„Schaut Euch mal das Firmament an!", hob er an, „es gibt kaum andere Weltgegenden, wo man die Sterne so klar und deutlich beobachten kann. Deshalb sind hier ja auch so viele Observatorien eingerichtet worden." Er senkte seinen Blick zum Lagefeuer. „Es ist nicht lange her, da sind wir auch an dieser Stelle gesessen. Einer der Teilnehmer, ein Mann mit indianischen Vorfahren, zeigte auf eine bestimmte Stelle am Himmelsgewölbe. ‚Schaut, dort, ja genau dort ist die Sternenprinzessin zu Hause, die von ihrem Vater einmal zu uns auf die Erde geschickt wurde… mit einem klaren Auftrag.' Und er erzählte uns die folgende Geschichte."

Charles legte ein paar Scheite nach, die Runde rückte näher zum Feuer.

„Die Sternen-Prinzessin war anfänglich gar nicht begeistert. Ihr Vater hatte sie über den Beschluss des grossen Sternen-Rats informiert, sie auf eine Reise zur fernen Erde zu schicken, mit ganz wichtigen Aufgaben. Sie müsse herausfinden, was bei den Erdenbewohnern los sei, denn vieles sei beunruhigend und entwickle sich nachgerade verhängnisvoll. Hilfe sei dringend vonnöten.

Der Vater spürte sofort das Zögern seiner Tochter, denn in ihrer Sternen-Welt war es gar nicht möglich, Gedanken für sich zu behalten. Was immer jemand dachte oder überlegte: sein Gegenüber empfing das blitzgeschwind, und ebenso rasch ging die Antwort zurück. Worte oder gar etwas Schriftliches brauchte man nur im Ausnahmefall.

Das bedeutete natürlich, dass Unwahrheiten sofort erkannt wurden. Es liess sich also rein gar nichts verbergen. Folglich war die Wahrhaftigkeit eine quasi angeborene Verhaltensnorm.

Die Sternen-Prinzessin merkte sogleich, dass ihr Vater auf das Zögern ungehalten reagierte. Deshalb war sie froh, dass er sich nun bemühte, den Plan ausführlich zu begründen.

Das war so: in der Sternen-Welt, einem Universum, zu dem auch der Planet gehörte, auf dem die Prinzessin zu Hause war, hatte man in letzter Zeit immer häufiger Botschaften von der fernen Erde empfangen. Sie waren alarmierend und tönten wie Hilferufe. Man konnte ihnen entnehmen, dass auf der Erde einiges nicht mehr zum guten bestellt war und dass es dort Leute gab, die verzweifelt Hilfe bei „Ausser-Irdischen" suchten, nachdem sie bei den Irdischen kein Gehör gefunden hatten. Man hatte ihnen nämlich klargemacht, ihre Argumente seien frei erfundene Hirngespinste und in der überprüfbaren Realität zweifelsfrei nicht nachweisbar.

Um was für Sorgen handelte es sich denn?

Die Menschen des Planeten in der Sternen-Welt fühlten sich immer mit der entlegenen Erde verbunden, schliesslich gehörte man ja gemeinsam ins selbe Universum. Die regelmässigen Botschaften waren aber nie sehr beunruhigend gewesen, und mit der Hilfe an einzelne Personen war es jeweils getan. Natürlich war es nicht mehr wie bis zur Zeit der Caral-Kultur, als die Erden-Menschen noch aufeinander Rücksicht genommen und sich als Gemeinschaft gefühlt hatten. Diese Friedenszeit lag schon über 4'000 Jahre zurück. Seither waren öfters Meldungen über kriegerische Auseinandersetzungen eingetroffen. Einzelne Gruppen versuchten mit Waffengewalt, andere zu unterjochen und sie auszubeuten, meist nicht etwa, weil es ihnen schlecht ging, sondern weil das scheinbar ihre Macht und ihr Ansehen erhöhte. Das war indes meist trügerisch, denn Widerstand flammte unmittelbar auf, und nach allerhöchstens vier oder fünf Jahrhunderten war der Spuk vorbei. Nicht dass das ohne Opfer vor sich gegangen wäre, aber diesen Leuten konnte geholfen werden, sei es bei ihrem weiteren Erden-Leben oder bei ihrem Uebergang in die anderen Welten. Die Erde als ganzes hingegen hatte keinen nennenswerten Schaden erlitten, und das natürliche Gleichgewicht blieb erhalten.

Plötzlich schien das anders geworden zu sein. Eine der grösseren Menschengruppen hatte damit angefangen, sich über die anderen zu erheben, sich überlegen zu fühlen und auf die anderen herabzuschauen. Das war zwar nicht ganz neu, ähnliche Tendenzen hatte es immer wieder gegeben, mit der Sklavenhaltung zum Beispiel. Das schien ganz einfach zum Spieltrieb der Erden-Menschen zu gehören. Es dauerte aber nie lange, und die Auswirkungen waren begrenzt und bescheiden.

Neu waren die wahnhafte Ueberheblichkeit, die Machtmittel, mit denen diese Menschengruppe das anstellte, sowie die diabolische Systematik des Vorgehens. Neu war zudem, dass die Machthaber mehr und mehr die universelle Zugehörigkeit in Frage stellten und sich selbst im Zentrum wähnten. Das musste über kurz oder lang epochale Auswirkungen haben. Derzeit war man an einem Punkt angelangt, da die Verzweiflung der Unterdrückten überhand nahm und das natürliche Gleichgewicht mehr und mehr verloren ging.

Die Menschen der Sternen-Welt lebten unter ähnlichen Voraussetzungen wie die Erden-Menschen. Bei ihnen hatte sich ebenfalls ab und zu etwas ähnliches zugetragen. Die Einsicht in die universelle Zugehörigkeit und die Demut vor den Schöpferkräften waren indes immer wieder hilfreich gewesen und hatten geholfen, die Knoten zu lösen.

Die Sternen-Prinzessin konnte sich jetzt besser vorstellen, was von ihr verlangt wurde. Mit dem Bewusstsein, dass ausserordentliche Kräfte am Werk sein mussten, um ein Ungleichgewicht solchen Ausmasses entstehen zu lassen, trat sie ihre Reise an, überzeugt, aber gar nicht begeistert."

*

Charles machte eine Pause, schaute auf zum Himmel und nahm einen Schluck aus der Feldflasche. Die Zuhörer lauschten gebannt.

„Die Reise der Sternen-Prinzessin darf man sich nicht so vorstellen, wie das die Erden-Menschen gewohnt sind. Nein, in der Sternen-Welt lagen nicht nur alle Gedanken offen, sondern man war auch fähig, Zeiten und Räume gedankenschnell zu überspringen.

Der Gedanke an ihre Reise genügte also, und schon war sie auf der Erde angekommen. Eine weitere Fähigkeit war ihr jetzt behilflich: sie konnte in Gestalt und Kleidung genau so auftreten, wie die Erden-Menschen, denen sie begegnete. Das war gerade hier besonders wichtig, denn sie befand sich in einer Welt von Schnee und Eis, die kalt und eigentlich unwirtlich war. Gleichwohl lebten hier Menschen, die das schätzten und die sukzessive Mittel und Wege gefunden hatten, sich da wohlzufühlen. „Inuit" nannte man sie... oder „Eskimos".

Die Sternen-Prinzessin fand schnell heraus, dass das Leben dieser Leute bis vor etwa 500 Jahren ungestört und gleichförmig verlaufen war. Dann waren auf einmal grosse Schiffe aufgetaucht, mit Menschen an Bord, welche anders aussahen und Gewehre trugen. Sie missbrauchten die spontane Gastfreundschaft der Eskimos arg. Sie nahmen ihnen nicht nur ihre Essensvorräte weg, sondern verhielten sich ungebührlich zu ihren Frauen, zerstörten viele Behausungen, nahmen ganze Familien auf ihren Schiffen gefangen... und verschwanden. - Mit der Zeit brachten weitere Schiffe immer mehr dieser weissen Menschen; sie begannen damit, den Eskimos eine neue Lebensführung aufzudrängen und ihnen die „einzig richtige" Religion vorzuschreiben.

Ja, ihr Lebensraum hatte sich seither dramatisch verändert. Bald kamen neben den Schiffen auch Flugzeuge, und die Eindringlinge richteten feste Stützpunkte ein. Die traditionellen Jagdgründe der Einheimischen verarmten, und man wurde immer abhängiger von den Eindringlingen. Nein, man schätzte jene Leute nicht, sie hatten es mit Gewalt so eingerichtet, dass man auf sie angewiesen war. Unterschwellig grollte ihnen jeder.

Die Sternenprinzessin hatte sich gemerkt, dass die Eindringlinge „Weisse" genannt wurden. So war sie nicht erstaunt, dass sie weiter südlich, in einem Gebiet, das man Nordamerika nannte, von den Einheimischen, den „Native Americans", fast gleichlautende Berichte vernahm. Das Auftreten der Weissen musste sich hier verheerend ausgewirkt haben, denn manche Stämme waren inzwischen ausgestorben, und die Gesamtzahl der Einheimischen war auf einen Bruchteil geschrumpft, durch unbekannte Krankheiten und grausame, verlorene Kriege.

Nochmals weiter südlich, in Südamerika: wieder das gleiche. Die Einheimischen, die hier seit Tausenden von Jahren gelebt hatten, sahen sich auf einmal einem Menschen gegenüber, der sie nicht nur einfach berauben wollte, sondern der ihnen gott-ähnlich gegenübertrat, sie verachtete, misshandelte und erniedrigte, sich auf ihrem Boden niederliess und bedingungslosen Gehorsam in allem und jedem forderte.

Auf ihre Fragen erzählte man der Sternen-Prinzessin, die Weissen seien von jenseits des grossen östlichen Wassers gekommen, von einem Kontinent, der „Europa" geheissen werde. Es schien dort unterschiedliche Völker zu geben, aber alle waren sie weiss und alle verfolgten sie das Ziel, andere Völker auf dieser Erde zu knechten.

Jetzt war gewiss der richtige Moment, sich in Europa umzusehen.

Hier erfuhr die Sternen-Prinzessin höchst Merkwürdiges. Europa ragte ursprünglich gar nicht etwa heraus. Es gab andere Gegenden der Erde, in denen sich viel früher viel bedeutendere Kulturen entwickelt hatten, in China etwa, in Aegypten, Syrien, im Mittelmeer-Raum oder in Afrika, ja sogar in Amerika. Eines der europäischen Völker hatte dann irgendwann versucht, alle Nachbarn zu beherrschen. Das waren die Römer. Sie verdrängten viele alte Traditionen, die das Universelle und Mythische hochgehalten hatten und bereiteten alles für die Herrschaft des rationalen Geistes, des Verstandes vor. Ihre mächtige Kriegsmaschinerie war furchterregend.

Die Römer scheiterten dann zwar an sich selber, wie viele andere Völker vor ihnen. Aber da geschah etwas eigentümliches. Es gab eine religiöse Bewegung namens Christentum. Sie war von den Römern anfänglich aufs heftigste bekämpft worden. Die Staatsraison gebot später, sie anzuerkennen und zur offiziellen Religion zu machen. Als das römische Reich zusammenbrach, wurde es nach und nach abgelöst durch ein religiöses römisches Machtzentrum, das über etliche Jahrhunderte den politischen Kurs der europäischen Völker bestimmte und in religiösen Fragen die Alleinherrschaft beanspruchte, nicht nur im europäischen Kernland, sondern weltweit.

Vor etwa 500 Jahren, der Zeitpunkt kam der Sternen-Prinzessin von Amerika her vertraut vor, spaltete sich bei den Christen eine Gruppe ab, die nicht mehr bereit war, den obersten römischen Machthaber anzuerkennen und die sich Protestanten nannten. Was anfänglich wie ein Befreiungsakt ausschaute und mehr tolerante Menschlichkeit verhiess, entwickelte sich rasch zu einer Parallelorganisation mit nahezu deckungsgleicher Ideologie. Gleich wie die anfänglich getadelte Macht setzten die Protestanten ebenfalls eine strenge, intolerante Lebensführung durch, verbreiteten die sogenannten christlichen Werte und verachteten andere Glaubensrichtungen. Die gefühlsarme, abgehobene Geistigkeit wurde noch verstärkt.

Christliche Lebensweise diente seither als ungemein praktischer Vorwand, um Völker von anderer Hautfarbe und mit anderen Religionen zu unterwerfen und für sich arbeiten zu lassen. Die Sternen-Prinzessin war erstaunt, wie umfassend sich dieses Bestreben entfalten konnte und wie viele Jahrhunderte es nun schon überdauerte. Sie stellte fest, dass Amerika keine Ausnahme war, sondern dass sich in Afrika, im Nahen Osten, in Indien, China und Australien ähnliches oder gleiches zugetragen hatte. Und sie musste sich eingestehen, dass man in der jüngeren Vergangenheit diesem Vorgehen nicht etwa abgeschworen hatte. Nein, man hatte lediglich die Methoden vertauscht: die frühere Waffengewalt wurde ersetzt durch raffiniert getarnte wirtschaftliche Verflechtungen, in denen man die Unterdrückten wie eh und je zappeln liess.

Die Sternen-Prinzessin verstand nicht, wie das hatte geschehen können.

Es war ihr natürlich aufgefallen, dass mittlerweile auch andere Völker diese Muster übernommen hatten, obwohl es gar nicht Weisse waren. Es schien sich um ein System zu handeln, das dieser Gattung Menschen besonders zusagte und sie solidarisch machte.

Was war es denn, das sie so ansprach und faszinierte? Da war zweifellos einmal die Ausübung von Macht, das Gefühl, mehr zu sein und mehr besitzen zu können als andere. Das war ein Rassismus von neuer Art und nie gesehenen Ausmasses.

Worin wollten sie mehr sein? Anscheinend ging es fast ausschliesslich um materielle Vorteile, um das blindwütige Anhäufen materieller Güter, um morgen noch mehr und übermorgen noch viel mehr zu haben.

Das schmeichelte offensichtlich dem Selbstwertgefühl. Je mächtiger man wurde, desto mehr konnte man an sich glauben, desto weniger meinte man, auf andere Rücksicht nehmen zu müssen.

Nicht einmal auf die Schöpfung? Auch da beobachtete die Sternen-Prinzessin etwas höchst Seltsames. Die meisten dieser „Eroberer" nannten sich Christen, hatten aber jegliche Barmherzigkeit und Nächstenliebe restlos verdrängt und bekundeten keinen Respekt vor der Schöpfung, vor einem allmächtigen, unfassbaren, allgegenwärtigen Schöpfer. Sie gebärdeten sich so verlogen, dass sie gar behaupteten, ihr Schöpfer habe sie dazu bevollmächtigt. Ja, die Wahrhaftigkeit war wie ein dünnes Mäntelchen, unter dem jederzeit die kalte Machtgier und der rücksichtslose Eroberungswille hervorlugten.

Als die Sternen-Prinzessin zum ersten Mal ein christliches Gotteshaus betrat, wurde sie fast erdrückt von der Grösse und der atmosphärischen Kälte. Metaphysische Gefühle wollten sich nicht recht einstellen. Sie erspähte die Figur eines Toten, der an ein Kreuz genagelt war, mit traurigem, leidendem Gesicht und hängendem Kopf. Sie erschrak: war das der Jesus, auf den das Christentum zurückgehen sollte? Kaum zu glauben! Es wollte ihr nicht einleuchten, dass die Verehrung eines übel zugerichteten Leichnams auf wohltuende Weise inspirierend sein sollte. Was für Gefühle musste das erst bei den Kindern wecken?

Spontan kam ihr dabei der Gedanke an Unterwerfung, an Macht, die anerkannt sein wollte. An diesem Leichnam konnte man ja nicht gleichgültig vorbeigehen. Wenn die Menschen jetzt noch vernahmen, dieser Mann sei für sie so gemartert worden und für sie nachher auferstanden, beispielhaft, mit der Aufforderung, dem Vorbild nachzuleben, ja, dann war der Weg vorgezeichnet: der Schöpfer, das ganze metaphysische Erleben konnten nur nach diesem Vorbild gefunden werden. Der Einzelne war gleichsam an der Leine dieses Vorbildes, die Bindung an die menschliche Gemeinschaft und an die gesamte Schöpfung wurde zweitrangig.

Die Sternen-Prinzessin glaubte, damit eine Erklärung für die individuelle, emsige Strebsamkeit, für den Mangel an Gemeinschaftsgefühl gefunden zu haben. Durch viele Gespräche und Beobachtungen erfuhr sie noch weit mehr.

Die einseitige Ausrichtung auf das Materielle, Verstandes-Orientierte, mochte ebenfalls auf den kirchlichen Machtanspruch zurückgehen. Denn der Gläubige lernte früh, die Erde sei dem Menschen untertan und das Christentum sei anderen Religionen weit überlegen. Mahnungen blieben weitgehend aus, sich auf die universellen Zusammenhänge zu besinnen, auf Urkräfte wie Vater Himmel und Mutter

Erde, auf die unabdingbare gegenseitige Abhängigkeit von allem, was zur Schöpfung gehörte.

Da gab es noch etwas, das der Sternen-Prinzessin auffiel: für den christlichen Gläubigen war Gott männlich. Dass weibliche Energien an der Schöpfung beteiligt sein sollten, war schon früh ausgeschlossen worden und hielt man mittlerweile für belanglos, wenn nicht gar gefährlich. Denn man klammerte sich an die unselige Geschichte vom Jammertal, das der Mensch in seinem irdischen Dasein durchschreiten musste, nachdem er aus dem Paradies vertrieben worden war. Die Schuld daran wurde läppischerweise prompt dem Weiblichen zugewiesen, einer Eva, die ihren männlichen Partner verführt habe. Daraus entstand ein nachhaltiger Mythos, der in die christliche Kultur einging und das Verhalten der Menschen verhängnisvoll prägte. Die patriarchalische Ordnung war damit vorgegeben und quasi offiziell abgesegnet.

Ursprünglich war die Schöpfung überall ganz natürlich als ein Ergebnis kosmischer Kräfte des Weiblichen und des Männlichen verstanden worden. Das Weibliche stand für die Materie und die Erde, das Männliche für den Geist und den Himmel. Beides war unentbehrlich, keines war wichtiger als das andere. Das frühe Christentum respektierte dieses Verständnis. Nach wenigen Jahrhunderten bemühte man sich auf einmal, alle weiblichen Spuren aus den christlichen Lehren zu tilgen. Die Frau wurde zur Quelle alles Bösen, und man tat Gutes, wenn man sie in ihrer schlimmsten Form als Hexe rechtzeitig erkannte und ausmerzte.

Was die selbsternannten „Kirchenväter" nicht bedachten: diese absurde Lehre fügte nicht nur den Frauen, sondern auch den Männern grosses Leid zu. Indem man sich vom Weiblichen in der Schöpfung abschnitt, verweigerte man sich zusehends den weltlichen, irdischen Erfahrungen.

Himmel und Erde wurden gegen einander gestellt, der Himmel gelobt und die Erde verdammt. Das irdische Dasein war ja bloss eine Folge der Ursünde, also kam es nicht so darauf an, wie man mit der weiblichen Erde umging... augenscheinlich eine folgenschwere Besonderheit des Christentums, die in den anderen Erden-Religionen nicht ihresgleichen hat.

Die Unterwerfung fremder Völker ging einher mit einer beispiellosen Plünderung der Rohstoff-Vorkommen. Unermessliche Reichtümer wurden so in Europa angehäuft, und es ist nicht abwegig anzunehmen, dass damit die bald anbrechende Industrialisierung finanziert und demgemäss erleichtert, wenn nicht gar erst ermöglicht wurde. Die fremden Völker durchlebten einen Aderlass, dessen schmerzhafte Spuren bis heute sichtbar und nachweisbar sind. Zudem wurden jahrtausendelang bewährte Agrarstrukturen radikal umgekrempelt und einseitig auf die Vorteile der neuen Herrscher ausgerichtet, was bald zu Armut und Hunger - und verstärkter Abhängigkeit - führte.

Für den Weissen war alles machbar. Zufälle, Fügungen oder gar Wunder waren ausgeschlossen, da dem Verstand, dem Willen nicht zugänglich. Erklärte das vielleicht das seltsame Verhältnis der Weissen zum gesundheitlichen Befinden, das ihnen zwar ein enorm erhöhtes Lebensalter beschert hatte, aber einer ging mit zunehmenden Krankheiten aller Art, ohne gesteigertes Gesundheitsgefühl und mit panischer Angst vor dem Tod?

Wie verhielt sich das überhaupt mit dem „Weiss" der weissen Rasse? - Die Sternen-Prinzessin musste sich überzeugen, dass die Weissen die Zufälligkeit ihrer Hautfarbe als Privileg interpretierten und „weiss" mit „rein" und „besser" gleichsetzten. Ein „Native American" hatte sie darauf aufmerksam gemacht, dass es keine Rasse ausser der weissen gebe, die andere Hautfarben so verächtlich behandelte und diskriminierte. Das sei vielleicht kein zufälliger Wahn, fuhr er weiter: ,Nehmen Sie mal vier Farbtöpfe, je einen für weiss, rot, gelb und schwarz; und jetzt fügen sei dem schwarzen einen Tropfen gelb bei... die Farbe bleibt schwarz; das gleiche passiert, wenn sie rot oder weiss beifügen oder bei einer anderen Farbe einen Tropfen einer anderen Farbe hinzutun... ausser bei weiss! Hier genügt ein Tropfen einer nicht-weissen Farbe, und das Weiss ist nicht mehr weiss!'

Das schien der Sternen-Prinzessin recht einleuchtend. Es konnte vielleicht auch erklären, dass diese Einbildung von Ueberlegenheit nicht frei von Angst war, der Furcht, jemand schaue hinter das Mäntelchen und bemerke die vielen Tropfen „un-weiss", die sich trotz allem über die Jahrhunderte eingeschlichen hatten.

Der Sternen-Prinzessin war aufgefallen, dass die Weissen, die das Sagen hatten, fast ausnahmslos schwarz gewandet daher kamen, schwarz vom Kragen bis zu den Schuhen. Es musste sich um eine Art Uniform handeln, die sie sichtbar abgrenzte, vom Rest der Menschheit und von der Natur, die man erwiesenermassen noch nicht restlos unter Kontrolle hatte.

Die Sternen-Prinzessin besuchte auch die anderen Gegenden auf der Erde, so etwa Afrika, Indien, China und Australien. Es war, als ob sie einem roten Faden entlang ginge: überall begegnete sie uralten, reichen Kulturen, die um Anerkennung und ums Ueberleben kämpften. Wenn nämlich die herrischen Weissen daherkamen, wurden solche Kulturen an ihrem materiellen Wert gemessen, überheblich als „nicht lebensfähig" eingestuft... und überrannt und weggewischt.

Dabei müssen viele Werte verloren gegangen sein, ein Umstand, den gebildete Westliche neuerdings mehr und mehr wahrnahmen. Es geschah aber noch etwas anderes, das die Westlichen nach wie vor ausblendeten und nicht wahr haben wollten: die Zerstörung einheimischer Machtstrukturen und die Unterwerfung unter neue Götter aller Art verunsicherte die Bevölkerung, liess sie an sich selbst zweifeln und raubte ihnen jegliche Zukunftsperspektive. Die Westlichen, gewohnt an eine ganze Palette von Lebenslügen, interpretierten das als Trägheit, als Willensmangel, „in die Geschichte einzutreten", wenn nicht gar als Dummheit und Unfähigkeit. So brachten sie es zuwege, die Schuld an der Armut einstmals unterjochter Länder den Einheimischen zuzuschieben und den Blick wegzulenken von ihren eigenen Freveln, deren Folgen sie listenreich am Leben erhielten, um die Macht weiter auszuüben.

Es war schon kurios: die Armut und der Hunger einstmals geknechteter Völker war nachgerade so offenkundig, dass die Westlichen bald behaupteten, sie würden alles erdenkliche tun, um dieser unwürdigen Situation abzuhelfen. Zu diesem Zweck riefen sie mehrere Organisationen ins Leben, und alle Länder wurden aufgefordert, angemessen mitzuwirken. Leider blieb es bei der Behauptung, denn Armut und Hunger wurden nicht beseitigt, auch nicht verkleinert, sondern nahmen im Gegenteil dramatisch zu.

Die gebetmühlenartig wiederholten Aufrufe der Westlichen an weniger mächtige Länder, die Menschenrechte und die Demokratie zu achten, wirkten hohl und unaufrichtig, wenn man das menschenverachtende, arrogante Vorgehen bedachte, das stets typisch gewesen war für die Westlichen.

Die Sternen-Prinzessin lernte viele der alten Kulturen kennen, die lange vor der europäischen Machtentfaltung erstaunliches hervorgebracht hatten. Hier fanden sich Werte, die vorbildlich und dauerhaft waren, Bauwerke zum Beispiel, vor allem aber gleichsam ewige Erkenntnisse und

Ueberzeugungen, die für das Leben der Menschen auf der Erde bedeutsam waren und immer blieben.

Der Sternen-Prinzessin entging nicht, dass viele dieser wichtigen alten Werte langsam zu neuem Leben erwachten. Völker, die ihnen ehemals abschwören mussten, orientierten sich begeistert wieder an ihnen und beeindruckten damit nicht wenige Westliche.

Die Sternen-Prinzessin lernte auch die anderen Erden-Religionen kennen. Natürlich war sie nicht überrascht über die vielen Aehnlichkeiten. Bestimmte Eigenheiten machten es leider immer möglich, eigene Schwächen zu vertuschen und andere herabzusetzen. Ganz bedenklich erschien der Sternen-Prinzessin, dass auch bei Nicht-Christen religiöse Gefühle für politische Ziele missbraucht wurden. Die Westlichen zeigten sich darob überrascht und erstaunt und schienen zu vergessen, dass sie das mit ihrer eigenen Religion jahrhundertelang vorgelebt hatten.

Es gab da und dort ein anschwellendes Rumoren. Manche seinerzeit unterdrückte Völker pochten vermehrt auf ihre Rechte und forderten Entschädigungen für erlittene Unbill. Die Westlichen versuchten zwar erfolgreich, solche Ansinnen im Keim zu ersticken, aber das Feuer schwelte kräftig weiter. Wann würde es zu einem Flächenbrand kommen?"

*

Chalres blickte in die Runde. „Ist Euch nicht langweilig? Soll ich weiterfahren?" Das stumme, andächtige Nicken der Zuhörer machte die Spannung fast greifbar.

„Die Sternen-Prinzessin war wieder zurück von ihrer Reise zur Erde. Ihr Kopf war ganz schwer von den vielen Eindrücken, und sie war eigentlich noch nicht so weit, dass sie ihrem Vater und dem grossen Sternen-Rat klar verständlich hätte rapportieren können.

Ihr Vater merkte das natürlich sofort. Er dachte, es wäre falsch, seine Tochter jetzt zu überrennen. Aber eine Frage wollte er ihr doch gleich stellen: ‚Sag mir, bevor wir dann alles in Ruhe beraten, was ist denn eigentlich so anders bei den Erden-Menschen? Was ist Dir besonders aufgefallen?'

Die Sternen-Prinzessin musste nicht lange überlegen bei einer so einfachen Frage: ‚Weisst Du', antwortete sie, ‚es ist alles sooo ganz anders, dass ich gar nicht recht weiss, wo ich anfangen soll!'

‚Also: ganz speziell ist bestimmt der Umstand, dass die Erden-Menschen, die etwas zu sagen haben und Macht ausüben, in der Regel sogenannte „Westliche" sind. Man hat sie ursprünglich „Weisse" genannt, weil sie anfänglich von weisser Hautfarbe waren. Inzwischen ist ihre Lebensweise von Menschen anderer Hautfarbe übernommen worden, die ebenfalls in diese Machtstrukturen hineingewachsen sind, so dass man jetzt lieber von ‹westlicher Lebensart› spricht. So manches ist charakteristisch für die ‹westliche Lebensart›, die sich unaufhaltsam über die ganze Erde ausbreitete: die schwarze Kleidung der Meinungsbildner, die gängigen Getränke und Essensgewohnheiten, das Anhäufen materieller Güter, die Verachtung Andersdenkender, die Geringschätzung der Natur…'
Die Sternen-Prinzessin machte eine kleine Pause. - ‚Diese Westlichen - und das ist das Erstaunliche - sind gemessen an der gesamten Erdbevölkerung nur eine Minderheit, vielleicht 15%. Und dennoch ist es ihnen seit mehr als 500 Jahren immer wieder gelungen, ihre Lebensart als vorbildlich hinzustellen und ihre Interessen durchzusetzen!'

Der Vater runzelte die Stirn und dachte bei sich: ‚Die Mitglieder des grossen Sternen-Rats werden das kaum glauben wollen!'

Die Sternen-Prinzessin fuhr fort: ‚Kernzonen dieser Westlichen sind Nordamerika und Europa. Wenn man sich dort aufhält, springt einem so vieles sofort ins Auge. Eine grosse Hast und Unruhe zum Beispiel! Die Menschen leben häufig dicht gedrängt in grossen Siedlungen, in denen sie fern von Tieren, von Wäldern, von natürlichen Geräuschen sind. Hier bewegen sie sich nicht ruhig und aufrecht fort, nein, sie laufen so schnell und lehnen sich so vornüber, dass man denkt, sie würden bald zu rennen anfangen: Leicht gebückt und den Kopf geneigt, schauen sie weder links noch rechts, grüssen einander kaum, und wenn man näher hinschaut, bemerkt man ihre angespannten Gesichter, ihr gehetztes, oft verhärmtes Aussehen. Selten ein strahlendes Gesicht, kaum ein zuversichtliches Lächeln! Die meisten schauen regelmässig auf ihr Handgelenk. Ich habe beobachtet, dass sie dort eine Zeitmaschine tragen, die sie Uhr nennen und der sie sklavisch gehorchen. Diese Uhr bestimmt den Tagesablauf, die Begegnungen, die Essenszeiten, ja das ganze Leben. - Was dieses Ding misst? Ja, da wirst Du staunen, lieber Vater! Weisst Du, was die machen? Die stellen sich den Wechsel der Tage, Monate und Jahre als eine Linie vor, wie einen Fluss, der irgendwo her kommt und irgendwo hin fliesst. Wohin er fliesst? Das wissen sie nicht, das interessiert sie nicht. Wichtig ist einzig, dass man sich auf dieser geraden Linie fortbewegt, zum Morgen, zum Uebermorgen, zum nächsten Jahr, zum nächsten Jahrhundert… vordergründig zuversichtlich, aber unsicher in einer unersättlichen Gier. Ach ja, den Kalender haben sie genau so streng gegliedert, ungeachtet der Wanderung der Gestirne. Sie legen Wert darauf, dass der Frühling, der Sommer, alle Jahreszeiten immer beim gleichen Sonnenstand eintreffen und nehmen in Kauf, dass diese künstliche Kanalisierung der natürlichen Gegebenheiten nur funktioniert, wenn man periodisch genau berechnete Lücken füllt!'

Hier warf der Vater eine Frage ein: ‚Will das dann heissen, dass die natürlichen Abläufe, die sich kreisförmig bewegen, ganz und gar unwichtig werden?'

Die Sternen-Prinzessin stimmte zu. ‚Genau das heisst es! Alles Zyklische, das doch die Natur auszeichnet, ist verloren gegangen. Die Abfolge der Geschehnisse auf der geraden Linie, die sie Zeit nennen, ist ausschlaggebend. Daran wird alles gemessen. Man sagt dann etwa: heute ist das so, morgen wird es so sein und in einem Jahr so. Das erzeugt viele trügerische Vorstellungen, wie etwa, dass dieser Ablauf durch den Menschen machbar sei, dass morgen mehr sei als heute, und nächstes Jahr mehr als dieses Jahr. Deshalb wohl die masslose Hast und Hetze und die Geringschätzung des Heute. Deshalb gewiss auch die Bevorzugung des Verstandes und des Materiellen und die Vernachlässigung der Gefühle, des Irrationalen.'

‚Da müssen wir uns gut überlegen, wie wir den grossen Sternen-Rat einweihen wollen und vor allem: wie wir den Erden-Menschen helfen können. Ich verstehe die Hilferufe jetzt schon besser! Unsere Hilfe ist wahrlich dringend nötig!' Sagte der Vater und wollte sich zurückziehen.

Da wandte die Sternen-Prinzessin ein: ‚Du hast mich gefragt, was anders sei. Da gibt es noch etwas ganz zentrales und wichtiges! Die westlichen Erden-Menschen respektieren nichts ausser sich selbst. Sie wähnen sich im Zentrum, um sie dreht sich alles, sie glauben, alles zu kontrollieren. Sie als Einzelmenschen, denn die Gemeinschaft wird gering geschätzt, die individuelle Leistung hat Vorrang. Und mit der Natur kann man machen, was immer mit technischen Mitteln möglich ist, handle es sich um den Abbau von Rohstoffen, um die Errichtung von Strassen oder um den Raubbau an Tierbeständen für die Ernährung. Ich habe oft im Stillen gedacht: die haben doch ihre Seele verloren! Denn ihr Verhältnis zur Mutter Erde ist zweifellos gestört, in einem Masse, das die Erde kaum mehr hinnehmen dürfte!'

Die beiden zogen sich gedankenschwer zurück."

\*

„Die Mitglieder des grossen Sternen-Rates hörten den Ausführungen der Sternen-Prinzessin aufmerksam zu. Sie verhielten sich teilnahmsvoll, als ob sie ständig überlegen würden, wie sie selbst helfen und tätig werden könnten.

Der Vater fasste schliesslich zusammen und unterbreitete Vorschläge.

‚Ich habe versucht, die Besorgnis erregenden Informationen auf einen Nenner zu bringen. Ich glaube, dass die Erden-Menschen auf einem fragwürdigen, gewagten Pfad sind. Sie haben ihr Gleichgewicht verloren und gefährden damit sich selbst, aber auch die ganze Erden-Welt und schliesslich das Universum. Vergessen wir nicht: viele Zeichen sind bereits deutlich wahrnehmbar, und sie dürften bald häufiger und dramatischer werden!'

Er liess seine Worte nachhallen und fuhr fort: ‚Die riesigen materiellen Unterschiede unter den Erden-Völkern stehen im Vordergrund. Wir müssen dazu beitragen, dass das Unrecht anerkannt und beseitigt wird, das den nicht-westlichen Bevölkerungsteilen angetan wurde und wird. Wir müssen helfen, die Armut zu bekämpfen, damit die benachteiligten Völker eine Chance haben, einen angemessenen Wohlstand zu erreichen.

Wie wir das bewerkstelligen können? Der Schlüssel liegt in der Erkenntnis der wahren Zusammenhänge, in der Anerkennung der Schuld bei den Westlichen und ihrer Einsicht, dass mehr Wahrhaftigkeit, mehr Toleranz und Achtsamkeit vonnöten ist.

Jeder von uns kann dabei mithelfen, Ihr kennt ja die Mittel, die uns zur Verfügung stehen. Es ist eine schwierige Aufgabe, ich weiss, zumal die Geschehnisse auf der Erde allzu lange fest eingespielt wurden. Ich bin aber gewiss, dass die machtvolle Natur das ihre dazu beitragen wird, die Westlichen zur Besinnung zu bringen. Wie sie das machen wird, lassen wir in ihrer und des Schöpfers Hand! Denn eines ist gewiss: die Natur ist stärker und nachhaltiger als jedes Menschenwerk. Die Erde existierte lange vor der Ankunft der Menschen. Wenn die Menschen ihre Verantwortung nicht einsehen wollen, dann gibt es eines Tages möglicherweise wieder eine Erde ohne Menschen...'

Die anschliessende Diskussion war ernst, besorgt und dennoch zuversichtlich. Der grosse Sternen-Rat war sich einig, dass die Lage auf der Erde gravierend und verworren war... so etwas hatte es im ganzen Universum überhaupt noch gar nie gegeben... Die Erden-Menschen hatten sich masslos überschätzt und verfolgten einen Irrweg, ohne es zu merken, jedenfalls ohne es sich einzugestehen.

Die Erden-Menschen würden jedoch rechtzeitig spüren, wie wichtig die Sternen-Hilfe war und in welcher Form sie ihnen zukam. Das unmittelbar Wichtigste bestand für sie darin, aufmerksam und offen zu sein, grösseren Zusammenhängen nachzuspüren und auch Signale zu beachten, die den Verstand überforderten."

Charles hielt inne und sagte in die Stille: „So endet die Geschichte meines damaligen Gastes. Vielleicht hören wir irgendwann die Fortsetzung?"

## Globalisierungs-Träume

Charles übernachtete wieder einmal in den hohen Anden, zusammen mit einer kleinen Reisegruppe. Es hatte sich herumgesprochen, dass er am abendlichen Lagerfeuer wundersame Geschichten erzählte, und so warteten die Teilnehmer gespannt.

„Ihr wisst ja, dass allenthalben von der Globalisierung geredet wird. Das beschränkt sich meist auf den Warenaustausch und die Finanzgeschäfte rund um den Globus. Dass damit auch Kulturen einander berühren, die sich vorher kaum kannten… und dass hier faszinierende Welten zu entdecken sind!... davon erzähle ich Euch etwas in der folgenden Geschichte von meinem Freund Arturo."

Das Feuer knisterte behaglich, die Pferde scharrten und schnaubten leise.

„Arturo fühlte sich vom Bett emporgehoben, von einer sanften, ausserordentlich starken Kraft. Er stieg höher und höher. Allmählich hatte er sich gedreht und konnte jetzt bequem nach unten schauen. Er erkannte Häuser, auch sein eigenes, das ganze Dorf, dann das Nachbardorf und bald die nahegelegene Stadt. Immer weiter ging es hinauf, er empfand ein wohlig-sicheres Gefühl von unbeschwertem Fliegen, frei vom Schwindel, der ihn auf Anhöhen gerne überkam.

Er bewegte sich jetzt rasend schnell, durchstach Wolken, nahm vage ein riesiges Wasser wahr, alles wirkte verschwommen, so flüchtig glitt es vorbei. Plötzlich wurde der Flug langsamer, sachte ging es abwärts, das Wasser hörte auf, Land kam in Sicht, Städte, Dörfer, ausgedehnte Wälder und Ebenen. Er war jetzt ganz nahe über einer Siedlung, die ihn aus Büchern an ein Indianerdorf erinnerte.

Kegelförmige Zelte, Leute, die ihren Beschäftigungen nachgingen. Ja, es waren tatsächlich Indianer. Er wurde zu einem bestimmten Zelt gelenkt, kaum zu unterscheiden von den anderen. Schon befand er sich im Inneren und setzte sich unbemerkt zu einer Runde von Männern, die sich offensichtlich mit einem wichtigen Häuptling unterhielten. Auch den erkannte er sofort: es war „Red Cloud", der 1868 mit den Weissen den berühmten Friedensvertrag von Fort Laramie unterzeichnet hatte.

Einer der Männer schien gerade das Wort zu führen. Er warf Red Cloud vor, allzu hastig und gutgläubig gehandelt zu haben. Er tat das sehr geschickt, mit überzeugenden Argumenten, manchmal anklagend, oft witzig, bedauernd, nie verletzend. Die Männer in der Runde nickten beifällig. Es fiel auf, dass sie nicht in die Klagen und Vorwürfe einstimmten, sondern den Wortführer machen liessen.

Red Cloud hörte ernst zu, manchmal wandte er etwas ein oder stellte eine Frage. Er betonte, dass man die Macht der weissen Eindringlinge nicht unterschätzen dürfe. Es sei realistisch gewesen, mit ihnen Frieden zu schliessen und Sicherheiten einzuhandeln. Mehrere Jahre der Ruhe seien für das Volk ein Segen gewesen. Den Wortbruch der Weissen habe er nicht vorausgesehen. Natürlich sei er schwer enttäuscht, aber er bleibe bei seiner Haltung, nicht wieder einen Krieg anzufangen, in dem sein Volk zum vornherein unterlegen wäre.

So wogte die Diskussion hin und her, man spürte, dass Red Cloud einen schweren Stand hatte. Arturo dachte gelegentlich, der Wortführer nehme sich allzu viele Freiheiten heraus und verhalte sich sehr angriffig.

Zwischendurch lernte er, dass der Wortführer eine Rolle spielte, die offenbar vorgesehen und gewollt war, die klaren Regeln gehorchte. Der Mann wurde ein „Gegenteilmensch" genannt, und er bekam mit, dass seine Aufgabe unter anderem darin bestand, die Häuptlinge „zurück auf die Erde zu bringen", wenn sie allzu gut von sich dachten oder Fehler begingen.

Die Diskussion wurde leiser und leiser. Arturo fühlte sich erneut kraftvoll emporgehoben. Das Zeltdorf wurde kleiner und kleiner, schon raste er durch die Wolken, über das grosse Wasser. Alles ging jetzt noch schneller als beim Hinflug. Bald sah er die Stadt, sein Dorf, sein Haus, sein Zimmer, sein Bett.

Arturo erwachte allmählich. Der Traum bedrückte ihn nicht, er war in ungewöhnlicher Klarheit präsent. Er hatte ihn tief beeindruckt. Das Verhalten des „Gegenteilmenschen" wirkte überzeugend und diente zweifellos der Sache und damit dem guten Einvernehmen in der Gemeinschaft. Es erinnerte ihn an die Hofnarren, die bei den Monarchen eine ähnliche Funktion ausgeübt hatten und dafür angestellt waren.

‚Warum gibt es das in unseren Demokratien nicht mehr?', dachte Arturo. ‚Es wäre oft gut, wenn jemand von Amtes wegen, ohne Risiko, mit Autorität unbequeme Wahrheiten vertreten dürfte, die im politischen Tagesgeschäft meist unterschätzt und verdrängt werden. Wäre das nicht ein wichtiger Beitrag, um auf dem Weg der Mitte zu bleiben, der allein ein gutes Verhältnis zum Universum und zur Schöpferkraft sicherstellt?'

Arturo erinnerte sich später gerne an diesen Traum, natürlich auch an die anderen, die noch folgen sollten. Denn es sollte eine längere Phase werden, während der er träumend auf viele Wahrheiten hingewiesen wurde, die ihm kaum bekannt, aber aktuell und bedeutsam waren.

*

Es war ähnlich wie beim ersten Traum: wieder wurde er kraftvoll emporgehoben, erneut erreichte er nach rasendem Flug eine Siedlung von Indianern. Sie wohnten aber nicht in Zelten, sondern in länglichen Gebäuden, die „Langhäuser" genannt wurden, wie er bald erfuhr. Auch diesmal geriet er - wiederum unbemerkt - in eine Gesprächsrunde, an der aber neben den Indianern - es waren Irokesen - auch zwei Weisse teilnahmen. Viele Menschen waren anwesend, und Arturo vermochte nur wenige Namen zu behalten. Die Weissen waren Thomas Paine und Thomas Jefferson, Gestalten, die ihm aus der Geschichte vertraut waren. Sie stellten den Irokesen viele Fragen. Sie wollten genau wissen, wie sie das Zusammenleben der einzelnen Stämme organisiert hatten und wie es ihnen gelang, über die Jahrhunderte den Frieden zu wahren. Arturo stellte fest, dass er in die Zeit unmittelbar vor der Gründung des Bundesstaates in der Neuen Welt gehüpft war und dass Paine und Jefferson die Irokesen-Föderation als vorbildliches Beispiel erkannt hatten. Sie zeigten sich beeindruckt vom demokratischen Grundmuster, von der Machtbegrenzung der Häuptlinge und vom oft zeitraubenden, aber gut fundierten Streben nach Konsens mit den Minderheiten.

Arturo beobachtete, dass Paine radikaler argumentierte als Jefferson. Er belauschte die beiden in Diskussionspausen und vernahm, dass Paine im neuen Staatswesen die Indianer als gleichberechtigt mit den Weissen und den Schwarzen behandeln wollte, und dass er den Frauen gleiche Rechte wie den Männern zuzugestehen bereit war. Jefferson hielt dem entgegen, man müsse mit Bedacht vorgehen und nichts überstürzen. Es sei schon viel erreicht, wenn George Washington trotz seiner dominierenden Stellung nicht die Rolle eines Diktators oder Königs übernehme, sondern bereit sei, sich als Präsident dem Verdikt des Volkes zu stellen. Aber gewiss werde er, Jefferson, wichtige Elemente der Irokesen-Konföderation in die Verfassung übernehmen, die er ja in Arbeit habe.

Plötzlich flog Arturo wieder durch die Wolken über das grosse Wasser und erwachte gedankenvoll in seinem Bett.

So viel Neues und Unbekanntes hatte er erfahren! ‚Warum wird das nicht häufiger zur Kenntnis genommen? Es ist entsetzlich, wie einseitig wir über die Ureinwohner Amerikas informiert sind!'

*

Ein neuerlicher Traum spielte sich anders ab. Der Flug ging in eine ganz neue Richtung, verlief indessen wiederum rasend schnell und brachte ihn in eine ihm völlig unbekannte Weltgegend. Aus grosser Höhe erkannte er ein Gebiet, das von zahlreichen Flüssen durchzogen war. Die Leute wohnten teils auf dem Land, teils in Booten auf dem Wasser.

Er geriet in ein kleines Dorf, in Bangladesh, wie er endlich bemerkte. Auf dem zentralen Platz hatte sich eine Gruppe von etwa 15 Frauen versammelt, die aufmerksam einem unscheinbaren, aber offensichtlich sehr kompetenten Mann zuhörten. Es ging um Kredite für kleine Gewerbe. Die Frauen hoben hervor, ihre Männer würden sie allzu knapp halten, es sei ihnen fast unmöglich, die Familie richtig zu ernähren und zu kleiden. Wenn sie ein eigenes Geschäft aufbauen wollten, würden ihnen die Banken den Kredit verweigern, und andere Kreditgeber verlangten unmässige Zinsen und unzumutbare Sicherheiten.

Der Mann zeigte auf, wie er ihnen helfen könnte. Er könne ihnen sehr wohl kleine Kredite zu üblichen Zinsen gewähren, ohne Sicherheiten und ohne formelle Verträge übrigens. Voraussetzung sei allerdings, dass er in dieser Runde mit jeder einzelnen von ihnen die Geschäftsidee diskutieren könne, die Fähigkeiten, die sie mitbringen und die Risiken, die damit verbunden wären. Sie müssten sich nicht anderswo hin bemühen, seine Organisation habe keine Büros und beschäftige keine Juristen. Er werde sie regelmässig besuchen und die gemachten Erfahrungen besprechen.

Arturo stellte fest, dass die Frauen - wie er selbst - zunächst ungläubig staunten. Jede hatte eine Idee und brachte vor, dies und das so gut zu beherrschen, dass daraus ein Geschäft entstehen könnte. Der Mann hörte aufmerksam zu, erteilte Ratschläge und - vor allem - machte den Frauen Mut, ermunterte sie, an ihre Ideen zu glauben. Aus langer Erfahrung mache er sich zur Rückzahlung der Darlehen keine Sorgen, das klappe in über 95% der Fälle, fügte er gelassen an!

Im weiteren Verlauf vernahm Arturo noch, dass es sich hier um sogenannte Klein- oder Mikrokredite handelte. Der Mann vertrat die Grameen Bank, die 1983 von einem Mann namens Muhammad Yunus gegründet worden war. Für die damit ausgelöste „Entwicklung von unten" hatte er 2006 den Friedensnobelpreis erhalten. Damit wurde anerkannt, wie wirksam und nachhaltig bei solchem Vorgehen die Armut vermindert werden konnte."

*

Charles schaute in die gespannten Gesichter seiner Reisebegleiter. Nach einem kurzen Blick zum strahlend funkelnden Firmament fuhr er fort:

„Wieder einmal begrüsste ein nachdenklicher Arturo den neuen Tag. Er erinnerte sich an die unangemessene Zurückhaltung der westlichen Banken bei Krediten für Kleingewerbler, und an die völlig unverständliche Grosszügigkeit bei Krediten für Kunden mit klingendem Namen, selbst für mehr als zweifelhafte Geschäfte. Und die Geschäftshäuser der Banken! Das waren schon eher Tempel, furchterregende Monster, die den Kunden klein und die Angestellten gross und unerreichbar machten, von den vielen Juristen und den kaum lesbaren Kreditverträgen nicht zu reden...

Im übrigen: hatten die reichlich fliessende Entwicklungshilfe und die grosszügigen Kredite internationaler Organisationen die Armut tatsächlich bekämpft? War der Weg richtig? - Ernsthafte Zweifel schienen angebracht, wenn man auf die letzten 50 Jahre zurückblickte...

*

Arturo merkte schnell, dass der Reise-Traum diesmal wieder zu den Indianern führte. Er fand sich unvermittelt in einem der kegelförmigen Tipi-Zelte wieder und sass dem hochgeachteten, weisen Heiler und Seher „Black Elk" gegenüber, der gerade daran war, dem Weissen Joseph Epes Brown die metaphysischen Vorstellungen der Plains-Indianer zu erläutern.

Es zeigte sich, dass Black Elk erstaunlich gut über die christlichen Bibeltexte im Bilde war. So war es ihm ein leichtes, Abgrenzungen vorzunehmen, Aehnlichkeiten hervorzuheben und Unterschiede darzulegen.

Nebenbei erfuhr Arturo, dass Black Elk sehr, sehr zurückhaltend war gegenüber den Weissen, wenn es um religiöse Dinge ging. Einem einzigen, nämlich John Neihardt, war zunächst das Privileg zugefallen, Black Elk anzuhören und auszufragen. Viele Jahre später folgte der Religionswissenschafter Brown.

Black Elk widerlegte im Gespräch mit Brown viele Vorurteile der Weissen, die das religiöse Denken der Indianer gerne als ›primitiv‹ und fundamental ›heidnisch‹ brandmarkten. ‚Die Verehrung der alleinigen, unfassbaren Schöpferkraft', führte er aus, ‚des ›grossen Geheimnisvollen‹, ist seit jeher monotheistisch. Die zahlreichen Nebengestalten sind Helfer und entsprechen den Heiligen der Christen. Metaphysische Empfindungen sind allgegenwärtig, gehören ganz einfach zum menschlichen Leben und lassen sich nicht aus einer weltlichen Sphäre in eine religiöse abdrängen. Die Unterscheidung zwischen oben (Gott, Paradies) und unten (Teufel, Hölle) ist uns Indianern fremd. Das Gebet ist alltäglich, formlos und weder an Wochentage noch an Rituale gebunden. Jeder Einzelne kann direkt mit der Schöpferkraft kommunizieren, der Umweg über Priester oder eine konfessionelle Organisation ist weder nötig noch sinnvoll. Das Gleichgewicht aller Kräfte, die im Universum wirken, ist von allergrösster Bedeutung. Wenn es verloren geht, wie sich das bei westlicher Lebensweise unübersehbar abzeichnet, gibt es Schäden, an der Natur, aber auch im Menschen. Dessen Körper und Seele sind dann ernsthaft gefährdet'.

Arturo bekundete Mühe, das alles aufzunehmen, so neu war es ihm. Und doch berührte es ihn zutiefst. Er fühlte sich angesprochen und dachte, ein solches metaphysisches Denken sei ur-menschlich und ihm näher als manche christliche Erkenntnis. Bezüglich der Seele erinnerte er sich an Carl Gustav Jung, der klar hervorgehoben hat, dass sich ihre Verdrängung und ihr Verlust beim Menschen in den verschiedensten Symptomen manifestiere: Materialismus, Süchte, Zwänge, Gewalt, Stagnation, Verblendung und Sinnverlust.

Die Stimmen wurden auf einmal leiser, Arturo würde bald zurückkreisen. Er vernahm noch bruchstückhaft, dass die Schöpfung nicht abgeschlossen sei, sondern sich unaufhörlich fortsetze, einem Rad vergleichbar, das sich laufend weiterdreht wie die wiederkehrenden Jahreszeiten und Gestirne.

Arturo nahm sich vor, tiefer in dieses Wissen einzutauchen und die Weisheit des Black Elk näher kennenzulernen.

*

Arturo freute sich regelrecht auf seine Träume. Sie kamen in unregelmässigen Abständen, aber er durfte einer Fortsetzung gewiss sein.

Der neuerliche Traum hob an wie die früheren, Arturo war jetzt schon recht vertraut mit dem Ablauf und gab sich ohne jede Unruhe den Ereignissen voll hin.

Er schwebte über Palmen. Je näher er kam, desto deutlicher nahm er den paradiesischen Garten wahr, der die mächtigen Palmen umgab. Aus dem Augenwinkel sah er Arbeiter, die auf fruchtbaren Feldern arbeiteten, grasende Kühe auf saftigen Weiden und spielende Kinder. Ausserhalb dehnte sich lebensfeindliche Wüste.

Arturo hatte sich an die blitzschnellen Szenenwechsel gewöhnt. Hier befand er sich auf einmal in einem angenehm kühlen Vortragssaal. Viele aufmerksame Zuhörer verfolgten die Ausführungen eines Mannes, der grosse Gelassenheit und souveräne Zuversicht ausstrahlte. Er referierte über sein Lebenswerk, das - wie Arturo bald merkte - „Sekem" hiess und sich in Aegypten, nicht weit von Kairo befand. Vor über 30 Jahren hatte Ibrahim Abuleish, so hiess der Mann, eine grosse Parzelle Wüstenland erworben und darauf... eben den Paradiesgarten errichtet, den Arturo von oben gesehen hatte. Es wurde indes weit mehr als ein Garten: nach und nach entstanden Landwirtschaftsbetriebe für Obst, Gemüse, Kräuter, Getreide, Baumwolle, Viehzucht, sowie ergänzende Industriebetriebe, die Tee, Arzneien und Kleider herstellen. Das ganze beruht auf biodynamischen, anthroposophischen Grundsätzen. Abuleish legte grössten Wert auf die Erziehung der Menschen, und er hat sukzessive Kindergärten, Primarschulen und Mittelschulen aufgebaut. Eine Universität soll bald das ganze krönen.

*

Als Arturo am nächsten Morgen aufwachte, wirkte dieser Traum noch lange nach. Wieder einmal hatte er von einem erfolgreichen, höchst bemerkenswerten Projekt gehört, das erstaunlicherweise wenig bekannt war. Dabei könnte es als Vorbild für sinnvolle und solide Entwicklungshilfe dienen, die ausstrahlt und nachhaltig wirkt. Eine kleine Genugtuung: Dr. Abuleish war vor einiger Zeit der alternative Nobelpreis zugesprochen worden. Ausserdem soll die Zahl der ägyptischen Landwirtschaftsbetriebe laufend zunehmen, die mit Sekem zusammenarbeiten und nach den gleichen Grundsätzen arbeiten.

Der nächste Reise-Traum stellte sich erst nach ein paar Wochen ein. Der rasende Flug dauerte länger als sonst. Arturo hatte den Eindruck, das grosse Wasser dehne sich ins Unendliche. Als er schliesslich Land wahrnahm, tauchten in der Ferne hohe Berge mit Schneekuppen auf. Er überquerte sie, und erst dahinter ging es abwärts. In der Ferne konnte er bereits wieder ein gewaltiges Wasser ausmachen. Er kreiste über einer Hochebene, dann über einer grossen Siedlung mit Stufenpyramiden, soliden Häusern und breiten Strassen. Jetzt stach er fast senkrecht hinunter und befand sich unvermittelt auf einem zentralen Platz. Aus der Menschenmenge - er glaubte, es seien Indianer - löste sich ein Mann und kam freundlich lächelnd auf ihn zu.

‚Willkommen in Caral!' strahlte der Mann. ‚Ihre Ankunft ist mir angekündigt worden. Ich weiss, dass Sie aus einer fernen und viel späteren Zivilisation stammen und deshalb unsere Lebensart kaum fassen können und in Zweifel ziehen'.

Arturo erinnerte sich, von dieser peruanischen Stadt gehört zu haben. Er wurde sich auch bewusst, dass er damit in eine Zeit vor mehr als 4'500 Jahren zurückversetzt worden war. Ja, es traf zu, er bezweifelte ernsthaft, was er über die Caral-Kultur gehört hatte.

Der zuvorkommende Mann bat ihn in einen ruhigen Winkel und sagte: ‚Ihre Zivilisation hat ein bedeutendes Wissen angehäuft, macht andauernd materielle Fortschritte und hat ihre Ueberlegenheit nicht zuletzt mit Waffengewalt untermauert. Die Völker, die Sie unterworfen haben, waren ebenfalls an Kriege gewöhnt, wenn auch ihre Waffen weniger wirksam waren. Waffen und Kriege sind Alltag bei Ihnen. Das hindert Sie nicht daran, dauernd vom Frieden zu träumen und vorzugeben, das sei Ihr ersehntes Ziel.'

Arturo fühlte sich seziert und durchschaut - das war eher unbehaglich. Er nahm sich vor, auf die Hauptfrage loszusteuern und aus direkter Quelle zu erfahren, wie es das Volk von Caral anstellte, ohne Waffen und Kriege, ohne Befestigungsanlagen, in fortwährendem Frieden zu leben.

‚Wissen Sie', fuhr der Mann fort, ‚wir sind eine der ältesten Kulturen auf dem ganzen Kontinent. Wir haben unseren Wohlstand durch harte Arbeit erreicht. Mit unseren Nachbarn tauschen wir Waren und erhalten so das, was uns fehlt, Fische vom Meer zum Beispiel, das eine halbe Tagesreise entfernt liegt. Natürlich haben wir öfters Konflikte erlebt. Unsere Erfahrung war aber immer gleich: mit Verhandlungen, und zwar auf der Grundlage von Verständnis und Toleranz für die Gegenpartei, lassen sich Konflikte aus der Welt schaffen, zum Vorteil für alle. Es brauchte oft viel Geduld und Nachsicht, was uns jedoch gezwungen hat, unsere eigene Position immer wieder neu zu überdenken, und das war nie nachteilig. Die tiefe Ueberzeugung, mit unseren Nachbarn friedlich zusammenzuleben, ist bei uns uralt, wird seit Generationen überliefert und gehört zum ureigensten Wesen unseres Volkes.'

Arturo staunte. Er musste zugeben, dass man in seiner eigenen Welt seit langem einen solchen Zustand erstrebte... leider ohne jeden Erfolg. Er hätte den Mann gerne noch gefragt, welchen Schwierigkeiten das Volk von Caral später begegnet war, was schliesslich dazu führte, dass ihre Kultur den Ansprüchen von Fremden weichen musste. Aber er spürte deutlich, dass sein Traum dem Ende entgegen ging, denn er sah plötzlich die Stadt Caral von oben, in ihrer ganzen Ausdehnung und majestätischen Würde. Der Rest waren Schneeberge, endlose Wassermassen, schliesslich vertrautes Land und sein eigenes Dorf.

*

‚Man müsste mehr über Caral erfahren', dachte er, als er am nächsten Morgen erwachte. ‚Wäre das nicht ein Lehrstück für die viel bemühte Friedensforschung?'

Das war wohl die weiteste Reise, die er in seinen Träumen bisher unternommen hatte. Zwar ging auch diesmal alles rasend schnell, aber Arturo spürte doch deutlich, dass er in ganz ferne Welten getragen wurde.

Das grosse Wasser kannte er ja schon. Aber jetzt schwebte er über einem zweiten riesigen Wasser. Das Land, das er erspähte, waren mehrere Inseln mitten in diesem unendlichen Ozean, mit fremdartiger, üppiger Vegetation, wie er bald merkte - und mit Vulkanen, die tätig waren.

Auf der grössten Insel sauste er nach unten und befand sich unversehens in einem kleinen Dorf, vor sich das weite Meer, hinter sich ausgedehnte Lavafelder, die sanft zu einem fernen, mächtigen Berggipfel anstiegen. Die Bewohner waren Fischer, stämmige, untersetzte Leute, mit schwarzen Haaren und dunkler Hautfarbe. Sein Kommen wurde nicht bemerkt, und er gesellte sich zu einer Gruppe Jugendlicher, die aufmerksam einem Mann zuhörten, der ihnen gerade die Technik der Fischzucht und des Fischfangs erläuterte. Es war offensichtlich nicht die heutige Zeit, Arturo war wieder einmal in eine Vergangenheit geraten, die etwa 200 Jahre zurückliegen musste.

Arturo konnte sich nach und nach zusammenreimen, dass es sich um Polynesier handelte und dass er auf den Hawaii-Archipel gelangt war. Der Mann forderte seine Zuhörer auf, ihn zu einem grossen Fischteich zu begleiten, der von mächtigen Bäumen umstanden und über einen schmalen Durchgang mit dem offenen Meer verbunden war. Ein Holzgitter versperrte diesen Durchgang, das Wasser konnte frei zirkulieren, ebenso kleine Fische. Grössere blieben entweder drinnen im Teich oder draussen im Meer. ‚Damit haben wir im Teich genügend Fische für unsere Ernährung, und gleichzeitig ist für den Nachwuchs gesorgt, im Teich und im Meer… das Gleichgewicht bleibt gewahrt'.

Arturo staunte über die Wirksamkeit des einfachen, klugen Systems. Der Mann betonte noch, dass mit diesem Vorgehen die gesamte Inselgruppe ausreichend Fischnahrung erhielt und dass man sicher sei, die reichen Bestände im offenen Meer nicht zu dezimieren.

*

Am andern Tag nahm sich Arturo vor, mehr darüber zu erfahren. Denn er wusste, dass die Ernährungslage der heutigen Inselbewohner prekär war und dass sie darauf angewiesen waren, ihre Nahrung von teils weit entfernten

Ländern zu beziehen. Insbesondere wunderte er sich, was wohl geschehen sein mochte, dass im offenen Meer nur noch magere Fischbestände existierten.

Sein Gefühl sagte ihm zum voraus, dass die neuerliche Reise nochmals zu den Indianern gehen würde, zum vorläufig letzten Mal, wie er ahnte. Es war, als ob die höheren Mächte ihm bedeuten würden, er hätte damit einstweilen genügend Hinweise auf das Schicksal dieses gepeinigten Volkes, und es wäre nun an ihm, sich weiter damit zu befassen.

Es sollte auch sein einstweilen letzter Reise-Traum sein.

Arturo geriet in eine illustre Gesellschaft. Der Kongress der USA hatte sich versammelt, der Präsident Franklin Pierce war zugegen. Alle lauschten aufmerksam der Rede des Häuptlings Seattle, der im Namen der Stämme Suquamish und Duwamish sprach, die im Nordwesten siedelten. Seattle nahm Stellung zu den Vorschlägen der Regierung, seinem Volk Land abzukaufen, Vorschläge mit dem Charakter ultimativer Anordnungen, denn das Reservat, das man den beiden Stämmen zugedacht hatte, war bereits ausgeschieden und eingezont.

Seattle war in seiner traditionellen, farbenfrohen Festtracht erschienen, eine fremdartige, imponierende Erscheinung, die sich deutlich von den durchwegs schwarz gewandeten Weissen abhob. Mancher Abgeordnete lächelte ironisch. Aber sobald Seattle anhob zu reden, war alles Lächeln wie weggeblasen, alle gerieten sofort in den Bann der Worte dieses Häuptlings. Nun zweifelte niemand mehr, dass hier ein grosser, ebenbürtiger, erfahrener und weiser Führer sprach, eindringlich, packend und ins Herz der Anwesenden zielend. Keiner blieb gleichgültig, auch der Präsident nicht, und es blieb nicht verborgen, dass er unbehaglich hin und her rutschte.

Seattle hätte seinem Aerger, seiner Enttäuschung Luft machen können, anklagend und vorwurfsvoll. Nein, das tat er nicht. Er bevorzugte ruhige Worte, die den Hintergrund der unüberbrückbaren Gegensätze der weissen und der roten Völker greifbar aufbauten. Anschaulich legte er die gescheiten, leidvollen Gedanken und die düsteren Perspektiven der Indianervölker dar. Es war eine kluge, staatsmännische Rede, die den Abgeordneten zeigen mochte, wie unwissend und realitätsfremd sie waren, wenn sie die Indianer als „wild", „primitiv" und „erziehungsbedürftig" klassierten.

Seattle respektierte zum vornherein die Machtverhältnisse, blieb aber aufrecht im Geiste. Er wies auf die Verantwortung hin, die mit der Macht untrennbar verbunden ist. Er sprach prophetische Worte und hob hervor, man möge sie aufnehmen wie Sterne, die nie untergehen würden. Er erinnerte an das grosse Wunder der Schöpfung, in welcher der Mensch allen anderen Schöpfungen gleichgestellt ist, Tieren, Pflanzen, Bergen, Seen und Flüssen, der Erde und den Gestirnen. Er warnte vor der Ausbreitung seelenloser, monströser Siedlungen, vor Lärm, verunreinigter Luft und vergifteter Gewässer, vor einem respektlosen Umgang mit Tieren und Bäumen. ‚Wovon träumt der weisse Mann eigentlich?', fragte er in den Raum.

Seattle zeigte sich gewiss, dass der weisse Mann all das eines Tages erkennen und verstehen werde. Er werde dann auch entdecken, dass der Gott der weissen und derjenige der roten Menschen ein und derselbe ist und dass niemand der gemeinsamen Bestimmung entgehen kann. ‚Vielleicht sind wir doch Brüder, wir werden sehen...', schloss er.

Betretene Stille herrschte, als Seattle geendet hatte.

*

Arturo erwachte gedankenschwer aus diesem Traum. Er verstand die Würde und die Prophetie der Worte Seattles und wurde traurig, wenn er daran dachte, wie wenig sie in der jungen weissen Nation bewirkt hatten und wie rasch und respektlos das wertvolle Gedankengut der Indianer, der Ureinwohner jenes Kontinents, der Vergessenheit anheim gefallen war.

Doch: ‚Ist es nicht eine Eigenart des kollektiven Gedächtnisses, dass es nach einer Periode der klärenden, stillen Verarbeitung eines Schocks wieder aufwacht und zum Nachdenken anregt? Vielleicht ist dieser Moment jetzt gekommen?!'

Die folgende Zeit war angefüllt mit Gedanken, Gesprächen, Nachforschungen. Arturo nahm wahr, welch interessanten Faden man ihn hatte aufnehmen lassen und wie bedeutungsschwer seine Träume für das gegenwärtige Leben auf dem Planeten Erde waren.

Oder vielmehr: „bedeutungsschwer *sein sollten*!" Denn es gab nur wenige Leute, die sich um solches kümmerten und noch weniger, die in ihrem Wirkungskreis danach handelten.

Seltsam: die globalisierte Welt schien nur an die Güter- und Geldströme zu denken, die sich mehr und mehr ungehindert ausbreiten konnten. Die Gedanken- und Kulturströme vergass man gerne, die wurden gering geschätzt, die gingen einfach unter, weil unpassend und erst noch unbequem und störend.

Dabei wäre so vieles einfach da, greifbar, nutzbar, hilfreich, wie seine Globalisierungs-Träume klar gezeigt hatten. Man müsste es nur aufnehmen und verwerten, ohne Hochmut, ohne Vorurteil, mit wachem Verstand und offenem Herzen.

Das schien der kritische Punkt zu sein, der seinen Globalisierungs-Träumen in der Realität hinderlich war: die Finanz- und Güterströme waren bislang, seit vielen Jahrhunderten, ebenso in weisser Hand wie die Gedanken- und Kulturströme. Dabei repräsentiert der weisse Mann weniger als 20% der Weltbevölkerung. Aber der weisse Mann zeigt sich bis auf weiteres so selbstbewusst, machtgierig und unduldsam wie eh und je, so dass kein Raum bleibt für Ideen, Visionen und Erfahrungen aus anderen Epochen, aus nicht-weissen, nicht-westlichen Kulturen.

‚Das müsste doch eigentlich nicht so sein, wenn der weisse Mann seiner Sache so gewiss wäre', dachte Arturo. ‚Verbirgt sich dahinter gar ängstliche Unsicherheit?' - ‚Wird der weisse Mann die Zeichen rechtzeitig erkennen, die in nicht-westlichen Weltgegenden mahnend aufflackern und die seine Machtstellung und Vorbildfunktion im Geist jener Menschen längst weggefegt haben?'"

Charles verstummte und schloss eindringlich: „Genau so hat mein Freund Arturo die Geschichte erzählt!"

Die Reiseteilnehmer blickten gedankenschwer in die langsam erkaltende Glut. Die Sterne traten jetzt noch deutlicher hervor und begleiteten die kleinen Menschen durch eine stille, erfrischende Nacht.